Solicite nosso catálogo completo, com mais de 350 títulos, onde você encontra as melhores opções do bom livro espírita: literatura infantojuvenil, contos, obras biográficas e de autoajuda, mensagens espirituais, romances, estudos doutrinários, obras básicas de Allan Kardec, e mais os esclarecedores cursos e estudos para aplicação no centro espírita – iniciação, mediunidade, reuniões mediúnicas, oratória, desobsessão, fluidos e passes.

E caso não encontre os nossos livros na livraria de sua preferência, solicite o endereço de nosso distribuidor mais próximo de você.

Edição e distribuição

EDITORA EME
Caixa Postal 1820 – CEP 13360-000 – Capivari-SP
Telefones: (19) 3491-7000 | 3491-5449
Vivo (19) 9 9983-2575 📞 | Claro (19) 9 9317-2800 | Tim (19) 9 8335-4094
vendas@editoraeme.com.br – www.editoraeme.com.br

JORGE SINCORÁ DOS SANTOS

Jules & Francine
UM AMOR ALÉM DA VIDA

CAPIVARI-SP

© 2018 Jorge Sincorá dos Santos

Os direitos autorais desta obra foram cedidos pelo autor para a Editora EME, o que propicia a venda dos livros com preços mais acessíveis e a manutenção de campanhas com preços especiais a Clubes do Livro de todo o Brasil.

A Editora EME mantém o Centro Espírita "Mensagem de Esperança" e patrocina, junto com outras empresas, instituições de atendimento social de Capivari-SP.

1ª reimpressão – março/2019 – de 3.001 a 5.000 exemplares

CAPA | André Stenico
DIAGRAMAÇÃO | vbenatti
REVISÃO | Rubens Toledo

Ficha catalográfica

Santos, Jorge Sincorá dos, 1939
    Jules e Francine – um amor além da vida / Jorge Sincorá dos Santos – 1ª reimp. mar. 2019 – Capivari-SP: Editora EME.
    272 p.

    1ª ed. nov. 2018
    ISBN 978-85-9544-082-1

1. Romance espírita. 2. Resgate do passado. Duelo.
3. Mediunidade. 4. Influência espiritual. I. Título.

CDD 133.9

DEDICO ESTE LIVRO A
LUCILLA(EM MEMÓRIA), MINHA MÃE QUERIDA,
PELO AMOR QUE ME DEU E PELAS
LIÇÕES DE VIDA QUE JAMAIS ESQUECEREI.

SUMÁRIO

Introdução 11
Capítulo I – O resgate 15
Capítulo II – No posto de socorro 21
Capítulo III – Na Colônia 25
Capítulo IV – Recordações de Onofre 33
Capítulo V – O primogênito do Vonde D'Ercy 45
Capítulo VI – Jules e Francine 51
Capítulo VII – O duelo 69
Capítulo VIII – O convento das Ursulinas 77
Capítulo IX – O herdeiro do conde Jules 87
Capítulo X – A volta de Jean de Labertoux 91
Capítulo XI – O presente para Antoine e Anne 97
Capítulo XII – A fuga 101
Capítulo XIII – O esconderijo 109
Capítulo XIV – Os obsessores do duque 117
Capítulo XV – Jacques de Labertoux 125
Capítulo XVI – A volta ao convento 141

Capítulo XVII – A mediunidade de Sophie...............163
Capítulo XVIII – O jovem Pierre......................171
Capítulo XIX – O engano...............................193
Capítulo XX – Em Toulon..............................201
Capítulo XXI – A libertação de Francine.............209
Capítulo XXII – Novas descobertas...................223
Capítulo XXIII – O ajuste.............................247
Capítulo XXIV – Esclarecimentos.....................259

BEM-AVENTURADOS OS AFLITOS
INSTRUÇÕES DOS ESPÍRITOS

O MAL E O REMÉDIO

"Será a Terra um lugar de gozo, um paraíso de delícias?
Já não ressoa mais aos vossos ouvidos a voz do profeta?
Não proclamou ele que haveria prantos e ranger de
dentes para os que nascessem nesse vale de dores?
Esperai, pois, todos vós que aí viveis, causticantes
lágrimas e amargo sofrer e, por mais agudas e profundas
sejam as vossas dores, volvei o olhar para o Céu e
bendizei ao Senhor por ter querido experimentar-vos..."

O Evangelho segundo o Espiritismo, **124ª ed., p.124, FEB.**

"Cristo vos disse que com a fé se transporta montanhas,
e eu vos digo que aquele que sofre e que tiver a fé por
suporte, será colocado sob sua égide e não sofrerá
mais. Os momentos de maiores dores serão para ele
as primeiras notas de alegria da eternidade. Sua alma
se desligará de seu corpo de tal forma que, enquanto

este se contorcer sob as convulsões, ela planará nas regiões celestes, cantando com os anjos os hinos de reconhecimento e glória ao Senhor."

O Evangelho segundo o Espiritismo,
1ª ed. 37ª reimp., Editora EME.

INTRODUÇÃO

Muitas cidades, muitos lugares são descritos de diversas formas, de acordo com a visão de cada um. Podemos estar num belíssimo vale, cercado de árvores frutíferas, cachoeiras e flores com muitos matizes, mas, alguém ali se situando, pode dizer que não há tanta beleza a descrever. Tudo depende do estado de espírito de cada um. Uma senhora foi para a cidade de Bonito, no Mato Grosso do Sul. Viajou desacompanhada, pois recentemente divorciada, queria ficar sozinha para pensar sua vida, como disse à irmã. Durante os inúmeros passeios, quando esteve diante de quadros inesquecíveis, cheios de verde e rios onde nadavam peixes de cores deslumbrantes, não foi capaz de sentir aquela natureza. Onde estava a tão decantada beleza daquele lugar? Voltou para casa decepcionada.

Alguns anos depois, aquela mesma senhora retornou a Bonito acompanhada por seu novo amor. Desceram do avião proveniente do Rio de Janeiro no aeroporto de Campo Grande e embarcaram em um pequeno ônibus. Foram cerca de quatro horas de viagem. Em Bonito dirigiram-se à mesma pousada onde ela se hospedara antes. Apesar de todo o cansaço, achou tudo maravilhoso. Repetiu a programação anterior e ficou deslumbrada com a beleza daquele lugar cujo nome lhe faz jus. O que aconteceu? Qual a razão da mudança? Visitou a mesma região e sua visão foi muito diferente da anterior. O fato é que aquela senhora na primeira vez nada viu de positivo, nem de belo, uma vez que estava plena de dor. Sua mente não registrou a beleza, porque ela não estava em paz; ao contrário, estava confusa e amargurada. Na segunda viagem tudo foi diferente, porque agora a alegria inundava aquela alma.[1]

Enquanto estamos encarnados, nossa mente registra todos os atos que praticamos exercendo livremente nossa vontade, sendo certo que esse registro, após nossa desencarnação, será adicionado aos muitos já existentes, oriundos de nossas vivências anteriores neste ou em outro orbe. Assim acontece com a beleza que descortinamos e amamos, como aquelas que fotografamos em uma viagem de férias. Existem, não obstante, outros registros de fatos ocorridos em nossa peregrinação durante toda uma reencarnação, muitos deles resultado de nossas boas e más ações. A ação vai gerar uma consequência, isto é, um ato, que é movimento e dará lugar a um fato com todos os seus efeitos. Todo exercício da vontade produz sempre uma consequência boa ou má, e, por ela, todos res-

---

1   Alma é o espírito encarnado.

ponderemos cedo ou tarde para aprender, porque Deus é misericordioso. A consciência é nosso censor mais rigoroso. Por isso, ao desencarnar, deparamos um cenário igual ao da região de Bonito ou vemo-nos mergulhados, por exemplo, em floresta cheia de pântanos e névoa muito escura. Tudo construído por nossa consciência.

De fato, mostra-nos a doutrina espírita que, onde estão reunidas consciências que buscaram a luz, são plasmadas regiões lindíssimas, onde impera o amor e a solidariedade, mas onde predominam consciências obscuras que se recusam a refletir para perdoar e serem perdoadas, depois de um longo percurso concluem que percorreram os caminhos para a escuridão, retardando sua evolução por tempo indeterminado.

CAPÍTULO I

O RESGATE

AQUELA PARECE SER uma cidade como qualquer outra, com ruas, casas e edifícios. Entretanto, não há penetração de luz, como se estivesse envolvida por um manto imenso a impedir a penetração do sol ou da lua. O ambiente é lúgubre, na melhor acepção. Parece uma cidade fantasma, mas em pinceladas mais fortes do que as que são cenários para filmes de faroeste americano. Não há vento uivando, nem os famosos rolos de capim que percorrem aquelas cidades cinematográficas. Não, o local é estranho, diferente de qualquer outro que conhecemos na Terra. De repente surgem algumas pessoas de aspecto estranho. Suas vestes são sujas, algumas também rasgadas. São trajes que não se igualam quanto à época em que foram confeccionados. São oito pessoas que caminham apressadas fazendo muito barulho. Se as vestimentas fossem limpas e perfeitas, dir-se-ia que entre elas pelo menos três representam roupas que foram moda em séculos diferentes. Aproximando-se daquelas pessoas estranhas era possível perceber que suas feições não tinham cor, nem o brilho natural da pele de um encarnado; ao contrário, sua palidez demonstrava que eram desencarnados. Um deles fala com autoridade:

– Depressa! Estamos atrasados para o seminário. Nosso superior vai ministrar a primeira palestra. Irá falar sobre as novas armas que aqueles seguidores do Cordeiro chamados de guardiões da noite estão usando. Após a palestra serão realizados debates. Pretende-se que sejam apresentadas ideias para neutralizá-las.

Os oito desencarnados entraram num prédio que tinha uma fachada escura, mas seu interior tinha uma iluminação amarelada, semelhante àquela gerada por lâmpadas incandescentes. O seminário estava sendo realizado em um espaço muito amplo, repleto de desencarnados, pelo que já quase não havia lugar para sentar. Estava explicada a razão de as ruas estarem desertas.

Nos arredores da cidade há uma paisagem semelhante àquela antes descrita. Não há luz; em vez disso, predomina a escuridão. Estamos num imenso pântano no qual há árvores secas, sem vida. Ouve-se um som agudo e arrepiante. São aves grandes, desnutridas, nas cores cinza e preta. Possuem um bico longo como o de uma garça, mas em nada se assemelham a ela. Voam baixo à procura de alimento e de quando em quando encontram. Mergulham ferozes e atingem seu alvo. Ouve-se um grito de dor e pavor. A vítima é um desencarnado que não consegue mover-se no lodo. Grita, desesperado, mas em vão. A ave faz várias investidas. A cada picada, novos gritos. O quadro desenhado é horrível. Outras aves lançam-se em direção ao lodaçal e são ouvidos novos gritos de dor e desespero.

Aquele desencarnado não está só. Muitos desencarnados estão presos naquele pântano. Cada um por razões distintas. Estão presos e sem esperança. Próximos deles, postados em posição mais elevada, em andaimes construídos sobre estacas, estão seus algozes desencarnados, que vez por outra os chicoteiam fortemente. Não há como escapar dali. Os aprisionados não conseguem caminhar. Eles se arrastam no lodo. Alguns não conseguem se firmar e afundam. Estão no inferno?[2] Não, não é o inferno. Estão no umbral, o pior local onde foram colocados por suas próprias consciências. "É a zona obscura, de quantos no mundo não se resolveram a atravessar as portas dos deveres sagrados a fim de cumpri-los, demorando-se no vale da indecisão ou no pântano dos erros numerosos. Funciona, portanto, como região destinada a esgotamento de resíduos mentais; uma espécie de zona purgatorial, onde se queima, a prestação, o material deteriorado das ilusões que a criatura adquiriu por atacado, menosprezando o sublime ensejo de uma existência terrena."[3]

Um dos desencarnados sofredores, pede ao mestre Jesus que o ajude. Já há algum tempo vem manifestando seu arrependimento e implorando a ajuda dos Céus. Em dado momento surge um veículo de forma oval, sem cobertura, flutuando no ar e dele são lançados feixes de lu-

---

2 Leitura importante é o *Céu e o Inferno*, de Allan Kardec.
3 *O Espiritismo de A a Z*, publicação da Federação Espírita Brasileira – FEB, 4ª Ed. pág. 877.

zes que ofuscam os guardas, os quais deixam seus postos aturdidos. Do veículo são lançadas redes luminosas que imobilizam alguns deles. Vê-se, então, os seus ocupantes. São quatro desencarnados vestindo um deles uma túnica branca, e os demais, túnicas verdes bem claras, mas além deles vê-se uma mulher encarnada, que se distingue dos desencarnados pelo cordão fluídico que ostenta.[4]

Cláudia trabalha como médium em uma casa espírita. Durante o sono é efetuado seu desdobramento para trabalhar com os benfeitores espirituais no resgate de desencarnados no umbral. Eles não conseguem sentir a presença dos mensageiros enviados para livrá-los e por isso a presença de um encarnado nesses trabalhos é indispensável para doar sua energia animalizada. Para que seja possível ao encarnado desdobrado acompanhar os mensageiros, sem que sofra as densas influências mentais que ali predominam, ele é envolvido por uma rede que serve de invólucro protetor.

Instantes depois, o desencarnado que pedira auxílio ao mestre Jesus estava no interior do veículo. Celso, o dirigente do grupo, disse satisfeito:

– Foi ótimo termos conhecimento do tal seminário.

– Tem razão, pois a vigilância foi afrouxada – disse um dos membros do grupo.

Outros desencarnados aprisionados no umbral estenderam suas mãos e gritaram em busca da salvação, mas ainda não chegara o momento deles. Saíram rapidamen-

---

4   Laços fluídicos magnéticos que fazem uma ligação entre o corpo físico e o perispírito. Esses laços fluido-magnéticos são rompidos quando o corpo físico perece.

te do pântano, deixando os guardas atônitos e ainda cegos pela forte luz que os atingiu.

Retirado do umbral, o espírito foi depois conduzido a um posto de socorro. O desencarnado estava muito confuso, não conseguia se situar. Depois de libertado daquele torpor que o dominara nas regiões mais densas, sua memória o levou ao tempo em que estava no corpo físico e ele ficou desnorteado ao perceber que desencarnara.

CAPÍTULO II

NO POSTO DE SOCORRO

ONOFRE – ESTE é o nome do desencarnado resgatado – foi conduzido para um posto de socorro situado próximo a uma colônia, que poderia ser a conhecida pelo nome de São Sebastião, situada na área do Estado de Minas Gerais. Celso e seus auxiliares entregaram o resgatado a dois enfermeiros, que o colocaram em uma maca.

Na ampla enfermaria, equipada com várias camas forradas com lençóis muito brancos, os leitos ocupam toda a extensão, formando muitas colunas em longa distância. Na entrada há uma espécie de cabine onde está o posto de enfermagem com os prontuários de todos os pacientes. A extensa enfermaria não tem propriamente um teto. É coberta por um tecido muito alvo, semelhante ao de um paraquedas.

Onofre foi examinado por Tibério, um médico muito simpático, cabelos longos e totalmente brancos.

– Onofre ainda dormirá durante um bom período,

pois está muito debilitado. Somente o sono reparador propiciará a recuperação de suas energias.

Tibério recomendou à assistente Luzia que fossem sistematicamente aplicados passes no recém-chegado. Tão logo despertasse do longo sono, passaria a ser medicado com água fluidificada e, quando apresentasse melhoras, poderia ser alimentado com caldos.

Algum tempo depois, que não nos é possível precisar com exatidão, Onofre despertou e, não reconhecendo o local, assustou-se. Percebendo a aflição do doente, Luzia dirigiu-se a ele com rapidez e procurou acalmá-lo, dizendo:

– Fique calmo, meu irmão. Está se recuperando num posto de socorro.

– Eu não vou voltar para lá?

– A partir de agora vai percorrer novos caminhos. Depois de sua recuperação, será encaminhado à nossa colônia, que está localizada bem perto daqui.

– Ainda não compreendi o que se passou comigo e mesmo o que está se passando. Minha mente está confusa. Não me lembro de quase nada, porém sei que meu nome é Onofre.

Gradativamente, Onofre foi recuperando suas energias, o que melhorou um pouco sua aparência. Em nada se parecia com aquele espírito sofredor que havia sido retirado daquela região sombria, mas ainda se ressentia dos seus efeitos. O calafrio que sentia não desaparecera completamente. Apesar da boa aparência, ainda guardava a sensação de estar envolto em lama. Queixou-se com Luzia, que, sempre prestimosa, esclareceu:

– Tudo o que sente, hoje, é lembrança do passado; daí

as sensações presentes. É indispensável, contudo, que colabore para o êxito do tratamento, rechaçando os pensamentos ruins.

– Como assim?

– Povoe a mente com paisagens positivas. Tudo o que lhe possa causar bem-estar. Pense em Jesus... – respondia a assistente, enquanto lhe aplicava passes.

– Agora, recordo minha chegada aqui, recebido por um homem de cabelos longos e grisalhos...

– Tibério! Ele virá vê-lo muito em breve.

Instantes depois, Tibério aproximou-se do leito com fraternal sorriso:

– Como está, Onofre?

– Sinto-me bem melhor, doutor.

– Chama-me apenas Tibério. Um irmão.

– Imperador?

– Não. Mas é um nome que trago de outra existência na Terra, ao qual me afeiçoei.

– Falou em reencarnação?

– Sim. A grande escola das almas.

– Mas que lugar era aquele de onde fui resgatado? Este hospital... Luzia falou de uma colônia... Onde estou exatamente?

– Há muitas moradas na casa de meu Pai... No momento justo você terá as respostas que procura. Por ora, recupere suas energias.

– Mas, doutor... Pode me dizer há quanto tempo estou aqui?

– Os dias e noites, para nós, não são contados como na Terra. Como se costuma dizer, um minuto pode representar uma eternidade... – asseverou Tibério, sem estender-se nas explicações, que, naquele momento, só aumentariam a angústia e ansiedade do paciente.

– A que horas será servida a refeição?

– Já prescrevemos uma dieta para você. Logo será servida.[5]

Ao deixarem a Terra, aqueles que só se dedicaram a atender as necessidades do corpo, em detrimento das necessidades da alma, sofrem mais no processo de readaptação à vida do espírito.[6]

---

5 André Luiz, na obra *Nosso Lar*, psicografada por F. C. Xavier, explica que depois de muito esforço por parte da Governadoria de Nosso Lar, passou a haver "maior suprimento de substâncias alimentícias que lembram a Terra, nos Ministérios da Regeneração e do Auxílio, onde há sempre grande número de necessitados. Nos demais há somente o indispensável, isto é, todo o serviço de alimentação obedece a inexcedível sobriedade." Explica ainda André Luiz que a luta do Governador "representou medida de elevado alcance para nossa libertação espiritual. Reduziu-se a expressão física e surgiu maravilhoso coeficiente de espiritualidade".

6 Também, na mesma obra, André Luiz fala das dificuldades que tiveram os administradores da colônia com os recém-chegados da crosta, que faziam muitas exigências de ordem alimentar, como se ainda estivessem no corpo físico. Foi necessário muito trabalho. Conta que o Governador da colônia pediu auxílio aos instrutores de uma esfera muito elevada, "para espalharem novos conhecimentos, relativos à ciência da respiração e da absorção de princípios vitais da atmosfera". Narra a maravilhosa obra, que foram precisos muitos anos para que todos os Ministérios se conscientizassem de que os espíritos poderiam abastecer-se apenas do necessário, uma vez que muitos entendiam que era fundamental o uso de proteínas e carboidratos. Explica-se este anseio de muitos habitantes das colônias, uma vez que estão localizadas perto da Terra. É necessário muito estudo e compreensão por parte daqueles que agora estão no outro lado da vida, para que se desapeguem das pessoas com quem conviveram e das coisas que possuíram. Os entes queridos, os amores perdidos, as sensações fugazes, os bens materiais, enfim, tudo o que é transitório. É uma longa jornada para o espírito que deseja evoluir.

CAPÍTULO III

NA COLÔNIA

APÓS RECEBER OS primeiros socorros depois de ser resgatado no umbral, Onofre foi conduzido à colônia espiritual. O veículo que o transportava parou diante de um prédio sustentado por grandes colunas brancas. Jamais tinha visto construção tão simples e ao mesmo tempo tão bela. Amparado pela comitiva, o recém-chegado foi conduzido para o interior de um dos pavilhões.

Leonardo veio recepcioná-lo, falando-lhe de forma carinhosa:

– Meu irmão! Seja bem-vindo à nossa estância. Aqui será sua morada até que esteja pronto.

– Ainda não compreendo o que está havendo comigo...

– Logo vai começar sua readaptação. Espere com calma.

Onofre ainda está confuso. Lembra-se muito bem de sua longa permanência naquela área de pântanos e lama, mas sua memória não o conduz para o passado. "Por que estagiara naquela região? E o que significa este cenário, que chamam colônia?" – pensa.

Decorreram muitos dias[7] desde que Onofre fora transferido para o hospital. Ficou intrigado quando lhe entregaram roupas, cujo feitio não lhe era estranho. Leonardo, o assistente, dissera que as vestimentas haviam sido confeccionadas especialmente para ele, com base nos trajes usados por ele. E que, dentro de algum tempo, ele mesmo poderia confeccioná-las.

Naquela manhã, uma senhora muito simpática – Bernadete – entrou nos seus aposentos, pedindo-lhe que a acompanhasse. Saindo do hospital, caminharam pela alameda margeada por árvores frondosas, algumas frutíferas. O piso era branco e sua superfície muito lisa, mas não escorregadia. Ele não conseguia conter seu entusiasmo.

De repente, viu-se num veículo de forma ovalada, que trafegava o espaço aéreo silenciosamente. Suas manobras eram suaves e, às vezes, sinuosas. Súbito mudou de rumo, como se fizesse uma volta em torno de si mesmo.

– É um aeróbus, um dos nossos meios de transporte – esclareceu a senhora, antecipando-lhe a pergunta – alguns têm capacidade para cem passageiros.

Estacionada a aeronave, entraram num prédio de dois andares, de arquitetura bem avançada e de bom gosto, cujo material usado não foi identificado por Onofre.

Caminharam pequena distância e adentraram a esplanada do edifício. Uma escada no estilo caracol levou-os então ao piso superior. Ali, diante de uma porta em

---

7   Usamos aqui, expressões de tempo empregadas na Terra. **N.A.**

madeira bem talhada, Onofre e sua condutora foram recebidos e conduzidos ao interior de imensa sala.

– Por favor, sentem-se – convidou, gentil, o homem vestindo túnica leve, enquanto abraçava Bernadete, a quem parecia conhecer de há muito. Gedel apontou as cadeiras em torno da mesa circular.

– Bom dia, Onofre... Doravante nós nos veremos muito. Estou encarregado de sua readaptação.

– É a segunda vez que ouço essa palavra. Estou num hospital? Sofri algum acidente no trabalho?

– Readaptação à vida do espírito. Daqui partimos e para cá retornamos das nossas sucessivas imersões na matéria. Até que estejamos prontos a habitar novas moradas.

– Pode ser mais objetivo, por favor?

– Este é o lugar mais recomendável para a sua readaptação. A mudança para outra morada dependerá dos progressos que fizer.

– Acaso eu morri e não estou sabendo?

– Agora já sabe. Você retornou da Terra faz algum tempo. Estagiou numa zona de sofrimentos[8]... Com o tempo, lembrará de tudo.

– Com o tempo?

– Habituamo-nos a ver as coisas em três dimensões: comprimento, largura, altura. No mundo espiritual, temos uma quarta dimensão!

---

8 Recomendamos a leitura de *O abismo* e *Sexo além da morte*, obra mediúnica de R. A. Ranieri, orientada pelo espírito André Luiz, Editora da Fraternidade e *Libertação* e *Ação e reação* ditados pelo espírito André Luiz, psicografados pelo médium Chico Xavier, FEB.

– Mundo espiritual?

Como num lampejo, Onofre viu, na tela mental, parte do filme de sua existência mais recente. E as lembranças não eram boas. Havia deixado mais inimigos do que amigos...

– Como pode constatar, você já não se encontra na Terra.

– E no entanto, continuo vivo!

– Somos imortais. Assim fomos criados por Deus. Você terá muito a recordar. Venha... Vamos dar um passeio.

Onofre despediu-se de Bernadete e seguiu na companhia de Gedel.

Momentos depois percorriam amplo jardim de girassóis, em torno do qual havia bancos simetricamente espalhados por toda a sua extensão. No fundo havia um lago muito límpido. Sentaram-se. Então, Onofre perguntou:

– Pelo que estou entendendo, aqui é uma espécie de paraíso?

– Não exatamente. Mas sim um mundo transitório, destinado a receber espíritos que se encontravam na erraticidade. Espíritos errantes, que, uma vez cansados de vagar, reconhecem que é preciso retomar a jornada de ascensão.

– E por que nunca soube disso?

– A crença na reencarnação foi repelida por muitas denominações religiosas. Tolo orgulho! Mas no início não era assim. Jesus já ensinava: "Em verdade vos digo que é preciso nascer de novo".[9]

---

9   Jesus disse a Nicodemos: "Se um homem não renascer de água e de espírito, não poderá entrar no reino de Deus." Em artigo publicado

– Eu nunca fui muito religioso. Para muitos, como eu, de formação católica, a morte seria o fim. A alma, então, seria enviada ao céu, ao inferno ou ao purgatório... Seria isso o mesmo que aquele lugar sombrio e pantanoso, por onde demorei alguns anos?

– O seu resgate só foi possível graças ao seu esforço e merecimento.

– Aquilo era o inferno?

– O inferno, tal como tem sido apresentado por algumas doutrinas, seria um vale de dor e sofrimento eternos. E as almas que para aí fossem enviadas estariam irremediavelmente perdidas. Sem chances de reabilitação. O que contraria totalmente a misericordiosa justiça de Deus...

– O paraíso, por sua vez, com anjos tocando harpas e planando sobre as nuvens, também não se encaixa nessa nova visão...

– Céu é o estado de paz que desfruta o espírito que tem a consciência tranquila. Assim quis Deus, a inteligência suprema, causa primária de todas as coisas.[10]

– Então, ninguém está fadado ao inferno?

– Deus é amor e bondade e jamais pune os Seus filhos. Como poderia fazê-los padecer eternamente no inferno? O mesmo pode ser dito em relação ao que chamam de

---

na *Revista Cristã de Espiritismo*, Layla Toledo explica o significado da palavra *água* no texto. O renascimento "da água e do espírito" nada mais é que a retomada da experiência física, cuja constituição é eminentemente líquida. Como sabemos, o corpo humano tem preponderância de água. Assim, o renascer de água é reencarnar e o renascer de espírito é evoluir.

10 Questão número 1 de *O Livro dos Espíritos*, por Allan Kardec.

Céu. Que destino estranho seria o daquelas criaturas destinadas a ficar no paraíso até a sentença do juízo final! E onde a evolução dos seres?

– Estou entendendo suas palavras. Mas por qual razão é necessário nascer e morrer várias vezes?

– Quem poderia alcançar a perfeição numa só existência? E como compreender a justiça Divina sem a lei da reencarnação?[11] Eu disse que Deus não pune, ao contrário, dá a Seus filhos quantas oportunidades forem necessárias para que ele possa evoluir. É por meio da reencarnação que o homem chegará à perfeição. Mas, para alcançá-la, tem que sofrer todas as vicissitudes da existência corporal[12]. A reencarnação[13] é o meio que tem

---

11 *O Evangelho segundo o Espiritismo* – Allan Kardec – Cap. IV.

12 *O Livro dos Espíritos*, questão 132.

13 A reencarnação fazia parte dos dogmas dos judeus, sob o nome de ressurreição. Só os saduceus, pessoas que compunham uma seita judia que foi formada perto do ano 248 antes de Cristo e cujo nome lhe veio de Sadoc, seu fundador, tinham a crença de que tudo acaba com a morte. A palavra ressurreição dá a ideia de o corpo que já está morto voltar à vida, o que a ciência demonstra ser materialmente impossível (*O Evangelho segundo o Espiritismo, capítulo IV, item 4*). A reencarnação é a volta do espírito à vida corpórea, mas em outro corpo especialmente formado para ele e que nada tem de comum com o antigo. Quando Jesus disse que Elias já teria vindo e que não foi reconhecido, muitos interpretaram que João era inspirado por Elias e não que era o próprio profeta. Já foi notado que sendo eles a mesma pessoa (mesmo espírito) identifica-se uma outra faceta da lei de causa e efeito. Como Elias, ele cometeu muitos desatinos falando em nome de Deus. Elias viveu no século IV a.C, quando reinavam o rei Acab e a rainha Jezabel e combateu o culto ao deus pagão Baal. Mandou decapitar 450 sacerdotes de Baal. Na reencarnação como João Batista, a pedido de Herodíades ao rei Herodes, foi igualmente decapitado.

o homem de corrigir seus defeitos, reparar seus erros e progredir. Tudo é feito de forma gradativa. Muitos podem demorar séculos, outros não. Inexiste prazo para tanto. A evolução rápida ou lenta depende de cada ser. Deus a todos concedeu o livre-arbítrio justamente para que tenham plena consciência do que fazem. Há espíritos que insistem em viver praticando o mal e, como procedem assim, percorrem um longo caminho, mergulhando, cada vez mais, na escuridão.

– E o que será de mim a partir de agora?

– Depende de você mesmo. Ficará algum tempo estagiando por aqui, até que se instrua o suficiente e esteja disposto a voltar...

– Quer dizer que aqui há estudo?

– Estudo e trabalho. Como acha que foi construída esta colônia? O espírito que estuda e trabalha, está alinhado com a lei do progresso, que se aplica em todas as dimensões.

As explicações dadas por Gedel provocavam em Onofre uma crescente vontade de saber mais a seu respeito. O estágio em zonas inferiores atendera a uma determinação das Leis Divinas, segundo as quais, a cada um é dado segundo as suas próprias obras. Ou, em outras palavras, cada qual é herdeiro de si mesmo.

– Estou muito preocupado. Os atos praticados na minha última existência cobram-me reparação – confessou Onofre, em lágrimas.

– Temos todos os registros – redarguiu o instrutor. – Mas acho que você deve falar. Será muito bom soltar tudo o que está encerrado dentro de si.

CAPÍTULO IV

RECORDAÇÕES DE ONOFRE

CONSIDERANDO O INCENTIVO dado por Gedel, Onofre deu início a sua narrativa. Nascera em uma cidade do interior de Minas Gerais, três anos após a promulgação da Lei Áurea. A abolição da escravatura liberou os negros dos grilhões, mas nada se fez para propiciar sua integração na sociedade como homens livres, gerando um resultado doloroso para a maioria deles, mergulhada num bolsão de miséria.

O pai de Onofre, um mulato cheio de vigor e vontade, foi escravo de Fortunato, o dono da fazenda Ouro Branco, que o alforriou alguns anos antes. Simão, este o nome do escravo alforriado, tornou-se peão e casou com Albertina, uma negra muito simpática, dona de um belo sorriso, que igualmente continuou a trabalhar para seu ex-dono nos serviços domésticos da residência, chamada de "Casa Grande".

Da união daqueles ex-escravos nasceu Onofre, que, graças à bondade de Fortunato, cresceu em ambiente saudável, tendo a natureza como palco. Ainda menino, dividia a escola com as atividades rurais, auxiliando o pai. Ajudava a lavar os cavalos e limpava as cocheiras. O tempo passou célere e, quando completou 15 anos, voltou a ver os filhos do fazendeiro que estudavam em Belo Horizonte, dois adolescentes, de nomes Pedro e Francisca.

O primeiro gostava de ostentar sua posição social, o que o fazia arrogante perante os empregados, tendo o prazer de ignorar todos os princípios que devem nortear o relacionamento entre os indivíduos, apesar de seu pai falar que para Deus não havia desigualdade.

O menino achava curioso o pai invocar Deus e manter escravos, mas Fortunato achava que não tinha muitas opções, já que a mão-de-obra predominante era a escrava. A solução seria alforriar a todos de uma vez e torná-los seus empregados, mas temia que fossem embora. "Como tocar a fazenda sem trabalhadores?" Este pensamento o angustiava.

Assim, pouco a pouco o fazendeiro foi dando liberdade aos escravos e oferecendo-lhes trabalho. Os alforriados que aceitavam a proposta recebiam sementes, trabalhavam e entregavam metade da produção ao patrão. Como não tinham meios para distribuir a safra, entregavam-na a Fortunato, que se encarregava da venda mediante o recebimento de uma comissão.

Não era o melhor a fazer em benefício dos seus trabalhadores, que passaram a ser chamados de colonos. Mas, como dizia o fazendeiro, era a solução que ainda lhe propiciaria lucros, embora menores. Para aqueles que lidavam com os animais, encontrou uma forma de remuneração fora do chamado "sistema de meia" descrito linhas atrás.

Quando adveio a abolição, havia poucos escravos na fazenda. Apesar da situação que predominava no tratamento do ser humano, em que a crueldade dos feitores era constante, restava a Fortunato, como meio de acalmar a sua consciência, a circunstância de que jamais maltratara seus escravos. Seu filho, ao contrário, tinha prazer em humilhar todos aqueles que julgava serem inferiores. Sendo da mesma idade, Onofre era o que mais sofria com as atitudes do jovem.

Francisca era uma menina de 13 anos, de pele muito branca e cabelos louros, cujos cachos se destacavam. Uma formosura que chamava a atenção do filho do peão, que a admirava em segredo.

Certa manhã encontrou-a junto ao riacho perto da Casa Grande e aproximou-se timidamente. A menina olhou para ele, sorriu e afastou-se, caminhando em direção da casa. Embora tivesse visto Onofre em outras oportunidades ao longo de sua curta existência, aquela foi a primeira vez que realmente o notou.

Terminadas as férias escolares, os irmãos retornaram a Belo Horizonte, e essa foi a rotina dos três anos seguintes, com as idas e vindas dos jovens.

Onofre, com 18 anos, já havia aprendido o ofício do pai e era um dos peões da fazenda. Tornou-se um jovem forte de altura mediana e boa aparência. Namorava a filha de um empregado da fazenda vizinha, mas desde aquele encontro com Francisca às margens do riacho, sempre esperou a ocasião das férias para vê-la. Nutria por ela um sentimento que não exteriorizava.

Quando Francisca estava na fazenda, limitava-se a contemplá-la de longe, eis que não ousava aproximar-se dela, até que numa certa manhã Fortunato o chamou e disse-lhe para preparar a charrete, ordenando em seguida:

– Onofre, leve Francisca à fazenda Laço Dourado. Ela vai almoçar com a amiga Manuela.

– Sim, senhor patrão. É pra já.

Francisca embarcou na charrete, permanecendo Onofre calado em boa parte do trajeto, até que a menina cortou o silêncio:

– Por que você não fala? Não gosta? Diga alguma coisa... Fale do tempo, da paisagem, mas diga alguma coisa. Tem vergonha?

– Não, senhora. É respeito mesmo. A senhora é a filha do patrão e eu sou um peão. Nada tenho a dizer-lhe.

– É claro que tem. Todos temos alguma coisa a dizer. Só porque sou sua patroa você tem que ficar em silêncio?

– Senhora... Meu pai foi escravo na fazenda de seu pai. Sempre me disse para ter respeito.

– As coisas não são assim como pensa. Eu quero que você fale sempre comigo. Doravante, quando eu tiver de sair com a charrete, quero que você a conduza. Meu pai tem confiança em você.

E assim se deu. Onofre passou a conduzir Francisca em suas saídas da fazenda. Com o tempo, sua timidez se quebrou, e ele conversava abertamente com a jovem.

Em uma tarde de sábado o patrão o chamou e mandou que fosse buscar Francisca na cidade. Ela e a mãe tinham ido visitar a tia que estava doente. Não obstante, sua mãe resolveu ficar com a irmã, mas a menina pediu para voltar. Aproveitando a presença de um peão da fazenda vizinha, pediu-lhe que avisasse o marido.

No percurso de retorno, passavam próximo a um rio que atravessava a fazenda, quando Francisca pediu que parassem, sendo prontamente atendida.

Desceram da carroça e caminharam em direção à margem do rio. Francisca sentou-se sob a sombra de frondosa mangueira e pediu a Onofre que fizesse o mesmo. Meio sem jeito, o jovem obedeceu. Iniciaram um diálogo mais ou menos nestes termos:

– Você será sempre peão?

– Não tenho outros planos. Fui à escola apenas para aprender a ler e escrever. Preciso ajudar meus pais com o trabalho. Nada vejo que possa fazer além de conduzir gado.

– Você também conduz bem uma charrete – disse, sorrindo, no que foi acompanhada pelo peão.

Riram durante alguns instantes. De repente, pararam e se olharam. Francisca segurou suas mãos e o puxou para si. Caíram deitados e mais uma vez deram novas risadas e, subitamente, beijaram-se ardentemente.

Encabulado, Onofre levantou-se rápido.

– Desculpe... Desculpe! – disse contrafeito.

– Desculpá-lo? Eu queria que me beijasse.

– Isso não é recomendável... Você é quase uma menina e... E eu não sou ninguém.

– Acorde, Onofre! Você sabe muito bem que muitas mocinhas de minha idade já estão casadas e algumas com homens que têm idade para serem seus pais. A qualquer momento os meus ajustarão um casamento para mim. Este é o meu futuro como mulher, nada mais me espera.

– Olhe para mim... sou pobre e negro.

– Negro, não... mulato.

– E há alguma diferença?

– Venha, sente-se novamente a meu lado.

Mais uma vez Onofre obedeceu. Abraçaram-se e beijaram-se. Onofre esqueceu tudo e viveu aquele momento mágico.

Anoitecia quando deram conta de que o tempo passara com rapidez. Subiram na charrete e voltaram para a fazenda, onde já os esperavam Fortunato e o filho:

– Onde estiveram? Estávamos aflitos.

– Eu pedi a Onofre para passar por sua casa, pois eu queria comer o doce de leite que a Albertina faz e sempre traz para nós – disse Francisca, sem pestanejar.

– Nunca mais faça isso! Entre já!

Em seguida, Onofre correu para casa. Queria avisar à mãe para confirmar tudo o que Francisca contara ao pai. Preocupado, Simão dirigiu-se ao filho com firmeza:

– Você está maluco? Como ousou sair por aí com Sinhazinha? Sabe o que pode acontecer com todos nós?

– Eu sei, meu pai. Perdoe-me. Eu não consegui pensar. Quando fico perto dela, meu corpo treme todo. Sei que é uma loucura. Prometo que vou me afastar dela.

– Faça isso!

Onofre não conseguiu cumprir o que prometeu ao pai. Sempre que havia uma oportunidade, encontrava-se furtivamente com Francisca. Um desejo incontrolável os consumia. Ficaram tão descuidados que um dia foram surpreendidos por Pedro enquanto, extasiados, trocavam carícias.

– Seu miserável! O que está fazendo com minha irmã? Francisca... Vá para casa. Agora!

Francisca levantou-se e correu. Pedro perseguiu Onofre, que atravessou o rio correndo sobre um tronco de árvore que servia de ponte. O peão conseguiu chegar à outra margem, mas Pedro escorregou e caiu. Pediu socorro:

– Ajude-me... Estou afogando! Socorro!

Onofre nadava muito bem, mas Pedro sempre tivera medo da água e assim jamais tomara coragem para aprender a nadar. Aqueles foram breves momentos, mas suficientes para Onofre pensar.

Aquele rapaz ali pedindo sua ajuda, sempre o maltratara e humilhara em muitas oportunidades. Ademais, ele o vira em intimidade com Francisca e de certo contaria a seus pais. O que seria de Onofre? E de Simão e Albertina?

Dominado por esses pensamentos, afastou-se correndo dali. Posteriormente foi encontrado o corpo de Pedro nas margens do rio.

O tempo fugiu e Francisca deixou de procurar o peão, até que desesperado a procurou e lhe pediu para encontrá-lo à noite, não muito longe da Casa Grande. Foi atendido. O encontro foi frio, e o silêncio foi quebrado pelo peão:

– Por que você me evita? Deixar de vê-la, de abraçá-la, de ter o seu corpo, tem sido uma tortura para mim. Não há motivo para não nos vermos, pois ninguém desconfia de que nos amamos.

– Amar? Eu nunca o amei. Eu lá sei o que é amar um homem? E mais, acho que você matou o meu irmão. Só não posso provar.

– Eu não o matei. Ele morreu afogado. Caiu no rio. Todos sabem que foi assim. Eu não posso viver sem você.

Vamos fugir, podemos construir um lar em outro lugar, bem longe daqui.

– Agora não importa. Ele está morto e isso não pode ser mudado. Se ele não tivesse nos surpreendido, talvez não tivesse caído no rio. Eu não quero mais ver você – arrematou a moça, definitiva.

– Não entendo. Você começou tudo. Eu não queria aproximar-me de você.

– Você não entende mesmo! Como eu poderia passar minha vida com alguém sem eira nem beira e ainda mais negro? Eu tinha muito desejo, mas foi satisfeito. Depois de tudo o que aconteceu, não quero mais.

Onofre olhou para Francisca com o coração cheio de ódio. Mais uma vez a humilhação o invadiu e, ao mesmo tempo, um desejo de vingança. Deu um pulo sobre a jovem e apertou seu pescoço com muita raiva. A mocinha foi perdendo as forças e finalmente parou de respirar. Desencarnou nas mãos do peão.

Naquele instante Onofre compreendeu que, negando socorro a Pedro, dera início a uma relação com as trevas. E agora, matando Francisca, consolidava aquela relação. Estava obsidiado.[14]

---

14 "A obsessão é a ação persistente que um espírito mau exerce sobre um indivíduo. Apresenta caracteres muito diversos, desde a simples influência moral sem perceptíveis sinais exteriores, até a perturbação completa do organismo e das faculdades mentais. Quase sempre, a obsessão exprime a vingança que um espírito tira e que com frequência se radica nas relações que o obsidiado manteve com ele em precedente existência" (*O Espiritismo de A a Z* –Federação Espírita Brasileira – FEB, 4ª ed. páginas 625/26). Segundo Allan Kardec "é o domínio que alguns espíritos logram

Saiu dali correndo e em alguns minutos estava em casa. Pegou algumas roupas, colocou-as num saco, despediu-se dos pais e saiu. Sabia que, ao descobrirem o corpo da menina, poderiam acusá-lo. Desesperou-se e ao mesmo tempo lembrou-se de que Fortunato sempre guardava dinheiro em casa, para fazer pagamentos aos empregados. Precisava agir com rapidez, antes que localizassem Francisca.

Assim, furtivamente entrou na Casa Grande empunhando um facão. Fortunato estava na sala de jantar fumando um charuto quando foi surpreendido pelo peão, que o atacou impiedosamente, esfaqueando-o várias vezes.

Despertada pelo barulho, a mulher de Fortunato entrou na sala e foi também atacada, sem condições para reagir. Alguns minutos depois, o silêncio. Onofre olhou para fora e constatou que ninguém percebeu nada. Entrou no quarto do casal e passou a procurar, mas não encontrou o dinheiro.

Foi a uma sala que servia de escritório ao patrão e arrombou a gaveta de sua escrivaninha, onde encontrou

---

adquirir sobre certas pessoas". Aquele que está obsidiado deve procurar libertar-se por meio de tratamento que é chamado de desobsessão, serviço que é prestado com amor pelas casas (ou centros) espíritas. Obsessor não é somente o espírito que procura vingança contra um desafeto do passado, mas todo desencarnado desorientado, como aquele que não tem consciência de que desencarnou e não se afasta daqueles com quem vivia quando estava no corpo físico. Ainda neste trabalho serão feitos outros comentários sobre o tema. Recomenda-se a leitura do livro *Tormentos da obsessão* do espírito Manoel Philomeno de Miranda, psicografado por Divaldo Franco.

uma caixa grande fechada com um cadeado. Procurou a chave, mas não a achou.

Fugiu dali carregando a caixa. Parou quando estava a uma boa distância da Casa Grande e arrebentou o cadeado com o cabo da garrucha com que um dia o fazendeiro o presenteara.

Dentro da caixa, havia alguns contos de réis. Afastou-se dali com muita pressa, pois ao amanhecer alguém encontraria os corpos da família. Ninguém mais o viu na região.

Meses depois Onofre estava no Rio Grande do Sul, onde fora contratado por um fazendeiro para trabalhar como peão. Percebendo a índole do empregado, o fazendeiro tomou-o como capanga e, juntamente com outros peões, passou a fazer o serviço sujo do patrão.

Algum tempo depois já era temido na região. Outros fazendeiros, amigos de seu patrão, passaram a contratá-lo para matar desafetos ou inimigos políticos. Tornou-se um matador de aluguel. Nos momentos de folga, frequentava locais onde havia jogo e prostitutas. Assim viveu durante cerca de 15 anos, até que foi morto numa tocaia a mando de um coronel, cujo filho ele havia matado.

À luz do caminho pelo qual enveredou, após desencarnar de forma violenta, sua consciência o levou para o lugar onde o esperavam não somente seus inimigos, mas também aqueles que, movidos pelo desejo de vingança, juntaram-se aos habitantes das trevas. Onofre estava em região de vibrações inferiores, umbralinas[15], onde permaneceu durante muito tempo.

Até completar 18 anos, Onofre seguiu o caminho que fora planejado para trilhar em sua nova reencarnação, mas subitamente desviou-se, perdendo a oportunidade que lhe fora dada. Na verdade, a maldade nele ainda estava latente e apenas precisava de um motivo para ser manifestada. Os fatos muitas vezes ocorrem de maneira imprevista, de forma que, como ensinou Jesus, é indispensável orar e vigiar constantemente.

Pacientemente, Gedel ouviu toda a narrativa de Onofre. E então disse:

– Como havia lhe dito, tudo o que você narrou já estava registrado. Os caminhos para longe da luz são percorridos pelo homem passo a passo e a cada ato danoso que pratica, ele abre caminho para as trevas. Sua narrativa explica porque você mergulhou no umbral, mas Deus é amigo e ama a todos nós e sempre dá oportunidade para a redenção.

– Quer dizer que por ter passado tanto tempo no umbral, já resgatei todas as minhas dívidas. Concorda?

---

15 Desde a publicação da obra de André Luiz, *Nosso Lar,* o termo *umbral* tornou-se expressão comum no meio espírita, usado para designar regiões inferiores no mundo espiritual. A expressão ganhou cores tão fortes que muitos lhe dão um *status* de nome próprio, nome de região geograficamente definida e única. Entretanto, a palavra é um substantivo comum e significa portal, fronteira. "Atravessou os umbrais da cidade..." Da mesma forma, umbral é toda região inferior, de baixas vibrações, densa, que, por isso mesmo, atendendo à lei de gravitação universal, válida tanto nos mundos materiais quanto nos mundos espirituais, forma-se próxima à crosta planetária. **Nota do revisor.**

– Não é bem assim. Os caminhos que levam à escuridão são percorridos rapidamente, mas o caminho para a luz é longo e exige muita renúncia e sacrifício. É fundamental a compreensão e a sincera aceitação das leis divinas, que devem ser seguidas com o coração aberto para o amor incondicionalmente. Por isso dizem que a reencarnação é uma questão de justiça. Graças à lei de reencarnação o espírito tem as incontáveis oportunidades para se redimir, fazer seus resgates. Agora vou contar-lhe uma história. Tudo o que vai ser narrado contribuirá para sua melhor compreensão das Leis Divinas, às quais devemos estar integralmente alinhados.

CAPÍTULO V

O PRIMOGÊNITO DO CONDE D'ERCY

FRANÇA, SÉCULO 17, em que viveu Luís XIV, filho de Luís XIII e de Ana D'Áustria, infante da Espanha, que ficou conhecido como o Rei Sol.[16] Luís XIV subiu ao trono

---

16 Luís XIV foi rei durante 72 anos. Foi o primeiro rei absoluto da França; desde menino revestiu-se do sentimento de que deveria governar sozinho – *L'était, c'est moi!* – Durante seu reinado não houve Primeiro Ministro. Deu início à construção do Palácio de Versalhes, perto de Paris. Deu grande incentivo às artes, que considerou assunto de estado. Os dois maiores autores clássicos da literatura francesa, Racine e Moliére, foram seus protegidos. Incentivou a economia do país com a ajuda do Ministro Jean Baptiste Colbert, em consonância com as teorias mercantilistas e multiplicou as exportações. Criou a marinha mercante, estradas, fábricas e pontes. Em seu leito de morte, *Le Roi Soleil*, após receber a extrema-unção, pediu a madame Maintenon, aquela que foi guardiã de seus filhos e com quem se casou secretamente trinta anos antes, que se retirasse. Jean Plaidy, em seu livro *Luís, o bem amado*, narra que madame Maintenon chorava muito e o rei não suportava vê-la sofrer. Em vias de desencarnar, Luís XIV, que inicialmente reinou

quando tinha menos de cinco anos, após a morte do pai em 1643. No período em que o rei não tinha condições de assumir o governo do país, a França foi governada pelo ministro do reino, o cardeal Jules Mazarin.

Durante o governo de Mazarin eclodiu uma guerra civil provocada pelos nobres e pelo Parlamento de Paris, a qual ficou conhecida como *La Fronde*. Aquela guerra causou a morte de muitos franceses, até que em 1653 os revoltosos foram derrotados.

O velho conde Pierre D'Ercy estava na janela de sua rica residência olhando para a Avenida de Paris, de onde podia divisar a Grande Écurie e a Pequena Écurie. Enquanto alisava sua barba branca, olhava para a avenida. O movimento era intenso, populares cantando e dançando em louvor a Deus pelo término da guerra.

De repente, sua atenção se voltou para um homem alto, cabelos escuros, de porte elegante. Ele reconhece logo seu primogênito, o jovem Antoine D'Ercy, caminhando assustado no meio do povo. Apesar de estar com apenas 26 anos, aparentava ter mais idade.

O conde desceu rápido a escadaria que levava à porta principal, abrindo-a de imediato. Antoine penetra no amplo salão que constituía o *hall* de entrada do prédio. Na parede do lado direito havia um grande espelho cuja moldura era desenhada em dourado. Na parede do lado

---

com sabedoria e desenvolveu seu país, lamentou por deixar-se levar pelo orgulho e conduzir a França a muitas guerras, levando-a à extrema pobreza. Luís foi sucedido por seu bisneto Luís XV, que ficou conhecido como *Luís, o bem amado.*

esquerdo havia quadros com as pinturas de ancestrais do conde. E, no salão, duas colunas de sustentação revestidas por marfim. Saíram do salão e entraram em uma sala pequena, mas muito bem decorada. Cortinas douradas guarneciam o ambiente. Mal sentaram numa poltrona, ouviram batidas na porta. Era Gaston, o antigo mordomo:

– *Monsieur* Antoine! Como estou feliz em vê-lo aqui!

– Traga vinho e frutas, Gaston... – ordenou o conde.

O serviçal retirou-se, e pai e filho começaram a conversar:

– Não vou criticá-lo pelo que fez, mas as consequências foram terríveis. O cardeal Mazarin adotou providências para que sejam aniquilados ou presos todos os seus inimigos. Você e os demais revoltosos foram declarados inimigos da França. Se for capturado vivo, irá para a Bastilha, sem julgamento. Ficará preso por toda a vida. O cardeal também me ameaçou caso o ajude de alguma forma. Perderei meu título e todas as minhas propriedades, mas vou ignorar sua advertência.

– Não vou causar-lhe problemas, meu pai. Vou sair da França tão logo seja possível. Antes, quero ver meu irmão.

Além de Antoine, o conde D'Ercy tinha outro filho, Jules, então com 15 anos de idade.

– Jules está em nosso castelo na Normandia. Será arriscado você viajar até lá. Escreva uma carta. Tão logo seja possível, ele a receberá.

Dois dias depois, o plano para retirar Antoine da França estava organizado. Cavalgaria até Calais e de lá embarcaria num veleiro para a Inglaterra.

– Você vai para Calais viajando à noite. Levará duas montarias, pois não deverá parar em nenhuma estalagem para descansar. Montará nossos melhores cavalos.

Antoine despediu-se do pai e partiu no silêncio da noite. Na estrada, ouvia-se o som dos cascalhos pisados pelas patas dos cavalos. Sentia o cheiro da relva dos campos cortados pela estrada que o conduziria a Calais.

No meio do percurso o cavalo que montava mostrou sinais de fadiga. O jovem desceu da montaria, tirou a sela e colocou-a no outro animal. Em seguida deu um leve tapa numa das ancas do primeiro, dizendo:

– Vai, Zulu... Volta para casa!

Agora sem o peso da sela e do dono, Zulu partiu em direção a Paris. Antoine prosseguiu viagem e pela manhã ainda bem cedo chegou ao porto de Calais. Logo encontrou o capitão Henry, velho amigo do conde D'Ercy.

– Vamos partir logo; os guardas do cardeal estão em toda parte caçando os revoltosos que sobreviveram.

– Tem razão. Não devo abusar da sorte. Durante todo o trajeto até aqui, felizmente ninguém me incomodou.

O veleiro partiu singrando o Canal da Mancha até chegar ao porto de Dover. Antoine desembarcou. Estava, então, na Inglaterra, onde recomeçaria sua trajetória no orbe terrestre. Sua desastrosa aventura o afastara em definitivo da sua amada França, mas não estava arrependido, pois em seu íntimo estava certo de que lutara por uma boa causa. Permaneceu em Dover para descansar um ou dois dias. Depois procurou transporte para Londres. Uma carruagem partiria para a capital do reino em poucas horas, conduzindo apenas dois passageiros, Antoine e Lady Anne Stuart, jovem aristocrata de dezenove anos, residente em Londres. Durante a viagem, Antoine dirigiu-se delicadamente àquela moça de tez muito clara e cabelos cor de milho:

– Meu nome é Antoine. Sou filho do conde Pierre D'Ercy. Pretendo fixar residência em nossa propriedade no Distrito de Kensington, em Londres.

– Eu sou Anne Stuart. Nasci em Edimburgo, na Escócia, mas moro em Londres desde menina.

Os jovens conversaram animadamente durante a viagem e, a partir dali, iniciaram uma amizade que depois se transformaria em amor sincero por toda a vida. Depois de instalado em sua casa em Kensington, Antoine passou a avistar-se com Anne regularmente, até que pediu licença a seus pais para visitá-la em casa. Alguns meses depois, foi marcada a data para o casamento. Os pais de Anne organizaram uma grande festa, à qual compareceu a maioria da nobreza da Inglaterra e da Escócia, país de origem dos genitores da noiva. Alguns nobres lamentaram apenas a nacionalidade do noivo, que não era um inglês.

O conde D'Ercy e seu filho Jules compareceram à cerimônia. Os pais dos noivos estavam felizes com a união de suas famílias. Antoine finalmente dava início a um novo ciclo de sua vida ao lado da mulher que escolhera para partilhar com ele.

Em 1661, Luís XIV assumiu efetivamente o poder imediatamente após a morte de Mazarin e um ano depois de ter casado com a infanta espanhola Maria Teresa.

Dois anos após o monarca sentar-se em seu trono, o conde D'Ercy contraiu grave enfermidade, que o lançou no leito até a sua desencarnação. Nos dias que antecederam sua passagem para o outro lado da vida, sorria muito e dizia que a condessa, desencarnada anos antes, o estava visitando e que em breve viria buscá-lo.

O médico da família dizia que o doente estava delirando, com o que concordavam os familiares. Na verdade, o mundo espiritual já estava preparando o seu desligamento do corpo físico.

Finalmente foi rompido o cordão fluídico que ligava o conde ao corpo físico. Fez a passagem para o outro lado da vida, conduzido pelo espírito que naquela reencarnação fora seu cônjuge, a condessa D'Ercy.

CAPÍTULO VI

JULES E FRANCINE

COM A DESENCARNAÇÃO de Pierre D'Ercy, seu filho Jules herdou o título de nobre e todas as propriedades, uma vez que o primogênito estava exilado para sempre. Jules tinha 24 anos de idade. Tornara-se um homem de muito boa aparência. Alto, esguio, cabelos negros como os do irmão, pele morena e olhos claros, chamava a atenção das mulheres.

O rei Luís XIV conseguira reativar a economia da França, paulatinamente, auxiliado pelo ministro Jean Baptiste Colbert, valendo-se, para isso, da expansão do mercantilismo. Jules D'Ercy percebeu que aquela era a oportunidade para aumentar a fortuna, que, por direito sucessório, teria sido herdada por seu irmão, se não tivesse sido declarado inimigo da França.

Homem de princípios, sempre zelou pelos laços de família, o que o fazia preocupar-se com o exilado Antoine. E assim continuou a lhe enviar dinheiro para seu sustento e para manter a propriedade que a família tinha nos arredores de Londres, como sempre o fez seu pai desde sua fuga para a Inglaterra.

Com o crescente sucesso de suas atividades mercantis, Jules passou a frequentar a corte com mais habitualidade, sendo sempre convidado para as festividades no palácio, muito apreciadas por Luís XIV.

Os nobres compareciam às festas para marcarem suas presenças e para agradarem ao rei, sempre acompanhados por suas mulheres e filhas. E entre eles estava sempre o duque Jean de Labertoux e sua bela e elegante mulher Francine.

O duque de Labertoux era um homem alto, de pele muito branca e ruivo. Dizem que os olhos podem refletir o caráter de uma pessoa. Jean era um homem de olhar duro e seus olhos deixavam transparecer toda sua frieza.

A jovem duquesa de Labertoux era uma mulher belíssima. Tinha a pele branca e cabelos negros ondulados que brilhavam sob a luz. Seu corpo bem feito provocava a inveja das mais lindas mulheres da corte. E, finalmente, seus olhos verdes faziam refletir toda a sua beleza.

Foi em um baile comemorativo do aniversário da rainha que aconteceu algo que mudaria a vida de Jules para sempre. A entrada dos nobres convidados no salão de baile do palácio era precedida pelo som de trombetas seguida pela voz do arauto, que anunciava em voz alta cada um deles, mencionando necessariamente o respectivo título de nobreza.

Assim foi anunciada a chegada do duque de Labertoux e de sua bela mulher Francine. Ela trajava lindo vestido de cores castor e branco com corpete em "V" e saia longa. Jules ficou deslumbrado com a beleza daquela mulher de rosto suave e longos cabelos negros.

Ele já conhecia o duque por sua fama de espadachim e de mulherengo. Não escondia o prazer que tinha em arrebatar corações de jovens mulheres, cortesãs ou não. Na corte era invejado por sua fortuna e por gozar da simpatia do rei, que igualmente gostava de belas mulheres. Sabe-se que, durante sua vida, Luís XIV mantivera duas amantes. Jean não era uma pessoa escrupulosa, principalmente quando envolvia o ganho de dinheiro.

Apresentado ao duque de Labertoux, Jules D'Ercy passou a vê-lo com certa frequência, para tratarem de negócios. Realizavam jantares, que eram alternados em suas propriedades. Nesses encontros, Jules e Francine trocavam olhares ternos, sem que o duque desse conta. Dizia ele ao conde:

– Você precisa casar. Há muitas jovens cujos pais ficariam exultantes se lhes desse atenção.

– Por ora prefiro o celibato. Quem sabe se um dia não me interesso por alguém?

– Tenho um filho de 15 anos, talvez ele se case antes de você.

– Eu não conheço seu filho.

– Ele estuda em regime de internato em Rheims. Depois que minha primeira mulher morreu em um acidente, achei melhor mandar Jacques estudar em outra cidade, pois não tinha condições de cuidar dele. Ademais, Rheims é conhecida por suas ótimas escolas. Ele recebe a educação própria para um nobre, além de estar sendo adestrado no uso das armas, principalmente a espada; seu mestre é o melhor da França. Depois que me casei com Francine, preferi mantê-lo na mesma situação.

O fato é que o conde Jules D'Ercy silenciosamente havia dado seu coração a Francine, um amor impossível. Jamais amaria outra mulher. Sabia que um dia teria que se casar, para gerar um herdeiro, mas essa providência podia ser adiada.

A amizade entre Jules e Jean, lastreada por interesses comuns, foi gradativamente sendo solidificada. O jovem conde, não obstante, percebeu que o duque era um homem cruel, tanto com seus serviçais como com aqueles que se opunham a ele nos negócios. Atacava sem piedade seus devedores e tomava-lhes as terras em pagamento de dívidas. Mandava matar aqueles que lhe faziam qualquer tipo de oposição.

Quando os adversários eram membros da nobreza, desafiava-os para duelos e os matava ou pela espada ou a tiros. Considerava igualmente inimigos os maridos, pais ou irmãos de mulheres que desonrava. Foi dessa forma que sua fama de exímio espadachim se propagou. Apesar das qualidades negativas do duque, Jules nutria por ele estranho sentimento, mesclado por simpatia, apreensão e temor. Parecia que já conhecia o novo amigo.

Tendo em vista a conveniência daquela amizade, o conde procurava ignorar a maldade que o duque cultivava com prazer. Em certa ocasião, Jean de Labertoux seduziu a noiva de um jovem, filho de conhecido comerciante de Paris. Para resgatar sua honra, o rapaz o desafiou para um duelo.[17]

Cabendo ao duque a escolha das armas, este optou pela espada. Foram para um bosque nos arredores de Paris, cada um com seus padrinhos. Iniciado o duelo, Jean facilmente desarmou o jovem e em seguida, trespassou-o com a espada. Jules, que o acompanhara como padrinho, disse revoltado:

– Você não precisava matá-lo depois que o desarmou. Ele era quase um menino!

– Não importa – respondeu o duque. – Em um duelo só deve haver um sobrevivente.

– Eu não penso assim. Todos têm direito a uma chance.

– Ora, você não sabe de nada a respeito. Ele me desafiou! – retrucou, aos gritos.

A partir do episódio envolvendo o rapaz cruelmente assassinado, Jules passou a olhar Jean com reservas. E aquela estranha sensação já mencionada, passou a envolvê-lo com mais intensidade.

Ainda assim, seu contato com o duque não ficou limitado aos negócios, pois não conseguia afastar-se de Francine em razão do seu sentimento por ela, que crescia mais a cada dia. Sabia que não havia futuro para ele ao lado daquela mulher que tanto o inspirava, mas sua paixão suplantava sua razão. Para ele, bastava ficar perto dela e deixar seu olfato absorver o seu inebriante perfume.

---

17 *O Livro dos Espíritos,* questão 759: – Que valor tem o que se chama ponto de honra, em matéria de duelo? Resposta: Orgulho e vaidade, dupla chaga da Humanidade.

Em 1672, França e Áustria entraram em guerra. Jules estava em sua casa em uma bela manhã de sol, quando o duque Jean chegou a cavalo. O nobre estava suado e ofegante.

– Pode mandar alimentar e escovar meu cavalo? – perguntou ele.

Em resposta, Jules sinalizou para um de seus serviçais, que de imediato pegou o cavalo pelas rédeas e o levou à estrebaria.

– Jules... Nosso rei convocou-me para uma importante missão pela França. Quer que eu e meus soldados ingressemos nas fileiras de seu exército. Há promessa de muito ouro e de propriedades que serão incorporadas às que já possuo. Não poderia deixar de responder ao chamado de sua Majestade. Partirei dentro de três dias.

Deu alguns passos na direção de Jules e completou:

– Minha presença aqui é para lhe fazer um pedido, que entendo ser irrecusável. Quero que você cuide de Francine. O rei cedeu-me um de seus *chateau*[18] na Vila de Versalhes. Você deverá estar com Francine para lhe dar assistência; ela não gostará de ficar isolada da corte, e sua presença será importante, principalmente para falar sobre as novidades palacianas. Sei que gosta de literatura e ela também. Poderão conversar muito. Lembre-se de que estou lhe confiando a guarda da minha mulher; será seu dever protegê-la.

---

18 *Chateau* era um pequeno castelo. Em Versalhes havia muitos. Todos pertenciam ao rei. No que tange a Versalhes, depois de construído o palácio do rei naquele local, conhecido hoje mundialmente por sua beleza, a Corte foi transferida de Paris para Versalhes.

O conde não gostou do pedido formulado pelo duque. Ficaria durante muito tempo próximo de sua amada sem a presença do marido. E isso o assustava. Como iria agir? Sentia que Francine, pelos olhares que trocavam, nutria por ele o mesmo sentimento; contudo, não podia recusar ser o guardião daquela que amava.

Três dias depois o duque partiu com sua tropa. Francine foi com sua dama de companhia para o *chateau* em Versalhes.

O *chateau*, tido como pequeno, na verdade era imenso. Tinha quatro amplos salões, uma biblioteca e oito quartos, além de uma cozinha com cerca de cem metros quadrados. Para sua manutenção, eram mantidos 12 serviçais, entre cozinheiras, serventes e cavalariços.

Francine alojou-se num dos quartos localizados na torre, de cuja janela era divisado todo o vale, que, a julgar por sua beleza, concluía-se que fora privilegiado pela natureza. Havia muitas árvores distribuídas pelo campo relvoso. À tarde era cortado pelo vento que penetrava suavemente.

No lado direito do *chateau*, havia uma floresta onde os animais silvestres circulavam em liberdade.

"Pelo menos – pensou Francine —, estou num lugar onde há muita beleza e paz, mas Jean pediu a Jules para cuidar de mim. Como vou reagir, tendo-o tão perto? Tenho medo, muito medo. Sinto por ele uma imensa atração; não sei se é amor, mas só me sinto feliz quando ele está por perto. Sempre aguardo ansiosa pelos jantares marcados para ele e Jean tratarem de negócios. Não, não posso pensar dessa forma. Se acontecer algo mais entre nós, não suportaremos a vingança do duque."

Três dias após o duque confiar ao conde a proteção de Francine, o nobre cavaleiro era recebido por Luís XIV à entrada do palácio real. Montados em seus cavalos e postados em duas longas colunas, que formavam um corredor, estavam os famosos mosqueteiros[19] do rei.

Jean de Labertoux percorreu todo o trecho do corredor formado, montado em seu belo corcel negro, que seguia em trote cadenciado. Imediatamente após o duque iniciar sua lenta marcha em direção ao rei, que o esperava no alto da escadaria que dava acesso ao palácio, os mosqueteiros perfilaram-se em homenagem ao duque e levantaram suas espadas.

– Duque Jean de Labertoux! Você vai partir em honrosa missão em nome de seu monarca. Honre a França nos campos de batalha – disse o rei com entusiasmo.

Os trajes eram próprios para aquela solenidade, com muita ostentação[20]. A roupa do duque estava composta pelo *rhinegrave*, que era uma espécie de calção-saia, por um colete justo, uma peruca preta comprida, sapatos com salto pequeno e uma manta azul com bordado do brasão de armas do reino da França.

– Se for preciso, darei a minha vida em sua honra, majestade.

Jean de Labertoux em poucos dias estava no palco da guerra com seus soldados. Dirigiu-se ao

---

19 Mosqueteiros. Eles formavam a guarda do rei.

20 Luís XIV é considerado por muitos o criador do luxo. Seu legado é um culto à sofisticação como, por exemplo, o *champagne*, os perfumes e sapatos de salto alto. No século 17, tanto na vestimenta masculina quanto na feminina, havia muita utilização de fitas, laços, babados e amarrações, entre outros símbolos.

comandante da força expedicionária para receber suas instruções:

– Os austríacos romperam nossas linhas em Verdun. O general La Pierce precisa de reforços com urgência – disse-lhe o duque de Santier.

Labertoux encontrou o general La Pierce, que pediu-lhe para defender o flanco esquerdo, rompido pelas forças inimigas. O campo de guerra estava envolvido por densa névoa. De repente, uma saraivada de balas disparadas por mosquetões varou o céu, atingindo muitos soldados franceses. Em seguida, tiros de canhão, que, alcançando o alvo, cortavam muitos em pedaços.

Procurando recuperar-se da surpresa, o duque mandou o que restou de sua tropa avançar por longa área descampada, o mesmo fazendo os austríacos, até que se chocaram. Iniciou-se feroz combate corpo a corpo, com o uso de armas brancas. Naquela noite o duque tingiu sua armadura com o sangue dos inimigos. Precisou limpar os olhos, eis que sua visão ficou turva. A sangrenta batalha teve fim com a retirada dos inimigos.

Agora, misturados à densa névoa, havia espessos rolos de fumaça. Este era o cenário no qual pereceram centenas de homens. O mundo espiritual, por meio de seus mensageiros, procurava auxiliar aqueles espíritos desencarnados. Muitos poucos compreendiam que haviam deixado o corpo físico e eram auxiliados e encaminhados para novos sítios, de acordo com suas consciências e merecimento. A maioria, porém, estava desnorteada.

Alguns simplesmente ajoelhavam-se ao lado de seus corpos físicos e, nervosos, esfregavam as mãos em suas cabeças. Outros andavam desesperados pelo campo de batalha em busca de membros decepados; e outros ainda flutuavam sem rumo em torno do campo.

Após a sangrenta batalha, o duque de Labertoux compreendeu que havia um longo caminho a percorrer, e que ele e seus soldados poderiam perecer. Reuniu a tropa e discursou homenageando e incentivando seus homens:

– Hoje muitos de nossos bravos guerreiros morreram. Nós devemos honrá-los aumentando nossa disposição para a luta. Muitos ainda morrerão, mas aqueles que sobreviverem, receberão a devida recompensa. Viva o rei! Viva a França!

Decorreram dois meses da partida do duque de Labertoux. Desde que Francine passou a morar no *chateau* do rei em Versalhes, Jules evitava vê-la. Procurava saber de suas necessidades enviando habitualmente seu empregado Gaston. Francine estranhava a ausência do conde, que havia prometido a seu marido dar-lhe assistência.

Em uma manhã de outono, chovia muito. Francine despertou com batidas na porta de seu quarto. Era sua dama de companhia, que lhe trazia notícias da corte; o rei iria realizar um baile em homenagem aos nobres que estavam lutando na guerra contra a Áustria. Muitos não poderiam comparecer, mas seus cônjuges deveriam estar presentes acompanhados por um parente próximo.

O rei, sabendo que Jean de Labertoux fez do conde D'Ercy o guardião de Francine, determinou que a conduzisse ao baile. Os olhos de Francine brilharam de alegria instintivamente, pois, finalmente iria encontrar Jules. Mas de repente foi invadida por uma incontrolável apreensão. Como iria comportar-se ao lado do homem que tanto a impressionava?

Mais uma vez sentiu medo. Em sua propriedade em Paris, Jules igualmente recebeu o convite para o baile, e a comunicação de que deveria acompanhar a duquesa de Labertoux.

À noite, a Avenida de Paris, onde ficava o palácio do rei, estava iluminada. Os guardas palacianos estavam postados em torno do prédio e também em seus magníficos jardins. Vindos de Versalhes, chegaram numa carruagem, Jules e Francine. Ambos estavam vestidos para a ocasião, rigorosamente em consonância com a moda parisiense. No século 17, em questão de moda, a França assumiu o lugar da Espanha e passou a influenciar todos os países da Europa.

O conde D'Ercy e a duquesa Francine de Labertoux foram anunciados e adentraram no salão. A beleza de ambos provocava murmúrios entre os convidados. Francine estava deslumbrante em um vestido branco com rendas[21] e babados amarelos. Jules usava um traje azul de veludo. Sua espada estava presa a uma faixa de cor branca que pendia sobre seus ombros e descia até a cintura, em condições de ser desembainhada. O casal reverenciou o rei.

O baile teve seu curso. O salão estava ricamente decorado, provocando elogios por parte dos convidados. Jules e Francine participaram da dança e em todos os momentos em que os pares se encontravam, seus olhares tornavam-se um só. Luiz XIV achava que ostentar o luxo era uma forma de exercer o poder e, assim, em suas

---

21 No século 17, a vestimenta feminina era composta em geral por um vestido em "V" e saia ampla; *manteau*; penteado *frontange*; sapatos altos.

festas eram servidas fartamente bebidas de qualidade, como *champagne* e vinho, acompanhados por sofisticados pratos, além de frutas da época.

As horas passaram rapidamente. Em dado momento, o conde e a duquesa saíram do salão e foram para o jardim do palácio, caminhando lentamente. Ele com o braço direito um pouco adiantado, mão direita com a palma para baixo e ela a seu lado, com a mão esquerda colocada sobre a direita dele. Então, ela cortou o silêncio:

– Jules, meu marido confiou-lhe a minha proteção, mas acho que é um encargo muito pesado para você. Há o seu trabalho e...

– Perdoe-me por interrompê-la, mas não deve pensar desta forma. Eu estou muito feliz por cuidar de você, embora à distância.

– Por que está tão longe? Como pode saber realmente de minhas necessidades? Eu não tenho ninguém para manter um diálogo agradável. Algumas amigas sempre que podem vêm visitar-me, mas nossas conversas versam apenas sobre moda e sobre as fofocas da corte.

– Você tem razão. Prometo que passarei a visitá-la, não como um mero protetor, mas como um bom amigo.

E assim foi. O conde passou a visitar a duquesa com certa frequência. Conversavam sobre ciências, artes e literatura. Em algumas ocasiões ficavam horas na biblioteca lendo os clássicos. No final de cada leitura, teciam seus comentários que se alongavam por horas, sendo interrompidos para prosseguimento no dia posterior. Em outras oportunidades faziam passeios a cavalo.

Um mês depois o conde afastou todas as dúvidas quanto a seus sentimentos; a duquesa, além de muito linda, era uma mulher inteligente, culta e sensível. Concluiu, então, que não devia ter estreitado o relacionamento, visitando-a com tanta assiduidade.

Jules D'Ercy dividia seu tempo entre o trabalho e a assistência a Francine. Concluindo que efetivamente estava apaixonado, resolveu conversar com a duquesa. Arranjaria uma desculpa para afastar-se. Em uma manhã de sábado, Jules convidou Francine para um passeio a cavalo na floresta. Durante o percurso, quando ia falar à duquesa sobre sua intenção de afastar-se, o cavalo da jovem assustou-se com o silvo de uma serpente e disparou.

Francine gritava assustada enquanto o cavalo corria veloz, seguido de perto por Jules, que após longo galope conseguiu ficar lado a lado com o animal assustado. Enquanto com a mão direita segurava as rédeas, com a esquerda conseguiu alcançar a jovem e retirá-la da sela. Naquele instante a duquesa sentiu o braço do conde em sua cintura e uma forte emoção tomou conta dela.

Jules cavalgou alguns metros segurando Francine fortemente e finalmente parou. Apeou e auxiliou Francine, recebendo-a em seus braços. Os jovens se olharam e não resistiram ao impulso da paixão. Uniram seus corpos, abraçando-se e beijaram-se como se estivessem finalmente se reencontrando após uma longa ausência. Beijaram-se e choraram, envolvidos pela emoção.

O conde Jules D'Ercy e a duquesa Francine de Labertoux não conseguiram evitar o despertar daquele amor tão intenso, mas precisavam sufocá-lo. A jovem era casada e seu marido a deixara aos cuidados do amigo.

Seria uma traição com graves consequências para todos, de modo que decidiram que não se veriam mais.

Jules deixou de visitar a duquesa, mas não a esqueceu. Procurou fixar seus pensamentos no trabalho. Francine, do mesmo modo, dedicava-se aos afazeres domésticos orientando os serviçais e acompanhando suas atividades e desejava ardentemente que o duque logo retornasse, pois o retorno a seu lar e ao cotidiano da vida conjugal ajudariam a esquecer definitivamente aquele que era o amor da sua vida.

O fato é que, ao encarnar, o espírito faz uma escolha desta ou daquela prova para sofrer[22], e, uma vez efetivada, cria para si uma espécie de destino no que tange às provas físicas. Em relação às provas morais e às tentações, porém, o espírito, mantendo sempre o livre-arbítrio, decide quanto ao caminho do bem ou do mal.

Se o duque retornasse logo, tudo poderia ser diferente, mas um acontecimento acarretou uma outra trajetória que iria formar um triângulo envolvendo Francine, Jean e Jules, como um resgate necessário para os três.

Anoitecia quando chegou a Versalhes um mensageiro vindo do *front* da Áustria, que entregou uma mensagem à duquesa. Esta, após lê-la, viu sua esperança desmoronar; a guerra com a Áustria estava longe de terminar, e o duque tão cedo não retornaria.

Dias depois das notícias vindas da Áustria, Jules teve que levar Francine a Paris para assistir na corte a um recital estrelado por uma famosa cantora lírica espanhola. No retorno a Versalhes, quando estavam próximos do

---

22 *O Livro dos Espíritos*, questão 851.

chateau, a duquesa abraçou-se ao amado e disse-lhe sem conter as lágrimas:

– Meu querido! Eu não tenho mais forças. Penso em Jean e no pecado que cometo por dar meu coração a você.

Jules observou que a pequena janela que comunica a cabine da carruagem com a boleia estava fechada, pelo que o cocheiro não os poderia ouvir. Então, disse:

– Francine... Eu a amo muito, mas não podemos ficar juntos. Jean jamais permitiria que o deixasse.

– Neste momento nada me importa. Não sei o que vai acontecer amanhã. Contudo, hoje quero viver intensamente com você. Quando Jean retornar contaremos a ele e iremos embora. Tenho sonhado muito nos últimos meses; é uma cena diferente. O lugar não é Paris, nem sei se é a França.

– Que tipo de sonho? Com o que sonha?

– O sonho diz respeito a todos nós. Eu, você e Jean. Eu vejo tudo muito claro; o cenário é outro, muito diferente, mas minha visão é límpida. Não me parece um sonho e sim uma lembrança. Oh! meu querido, eu estou certa de que vivemos todas as cenas. É tudo tão nítido!

Francine não estava delirando. Nos sonhos em que há nitidez, que não são confusos, na verdade não se trata simplesmente de sonho, mas de desdobramento. Quando o homem dorme, como espírito que é, sai do corpo físico, ficando ligado a ele apenas pelo cordão de prata.

Nesse momento em que se sente livre, o espírito pode fazer muitas coisas em prol de sua evolução, trabalhando de alguma forma com os bons espíritos, ou simplesmente estudar. Como também pode fazer coisas ruins, que só servem para atrasá-lo. Há muito a falar sobre o fenômeno chamado desdobramento, mas esta não é a oportunidade, pois não podemos afastar-nos do relato que está sendo feito. Há possibilidade de o desdobramento levar o espírito ao passado, a acontecimentos em outras vidas, dos quais não se lembrava após o retorno à carne. No sonho contado por Francine a Jules, ela está narrando fatos ocorridos em outra vida, que envolveram também Jules e Jean. No desdobramento, fizera uma regressão.

A jovem prossegue com sua narrativa:

– No meu sonho eu e você estamos juntos, nós nos amamos. Jean é seu irmão e também me ama. Por minha causa ele o odeia. Ele não me deixa em paz. Sempre que você está ausente, ele me procura, tenta conquistar-me e me faz ameaças.

– Como terminam esses sonhos? – pergunta Jules.

– Em certa manhã ele me persegue a cavalo, mas você me segue e nos alcança. Logo após deixarem os seus cavalos, começam a lutar. Estão próximos a um despenhadeiro; nisso ele perde o equilíbrio e cai, mas você dá um salto e consegue segurá-lo por uma das mãos. Ele, porém, em vez de fazer força para subir, faz o contrário; você é puxado por ele e ambos caem. Instantes depois são engolidos pelo mar.

– E depois? E você?

– Não sei. O sonho termina logo após a queda no despenhadeiro.

– Não se preocupe, foi apenas um sonho. Você está apreensiva... É isso. Não existem vidas passadas. Nós nascemos e depois morremos. Com a morte, nossa alma vai para o céu, onde permanecerá pela eternidade; ou para o inferno, onde será escrava de Lúcifer para sempre. Isto é o que nos é ensinado desde cedo, lembra-se?

– Não sei... Esses sonhos parecem tão reais!

– Amor... Você está impressionada. Tudo o que nos foi ensinado sobre a existência de céu, inferno e purgatório, foi dito pelos sacerdotes, mas nunca foi comprovado. Quem pode afirmar? É possível que após a morte não haja mais nada.

– Eu não quero acreditar que depois da morte nada haja.

Francine, embora sem saber, tinha uma convicção dentro de si, porque de fato o nada não existe[23]. Entretanto, ao reencarnar, as lembranças foram cobertas pelo véu do esquecimento, mas, antes de mergulhar no corpo, já possuía o conhecimento[24].

Os jovens descem da carruagem. Jules se despede e promete voltar para conversarem. Na manhã seguinte Francine desperta mais animada. Logo depois chega Jules. A duquesa o recebe com alegria:

– Com exceção de Lucienne, minha dama de companhia, dei folga a todos os serviçais Não se preocupe: ela cuida de mim desde menina; é de minha total confiança. Meu amor, sei que não estamos procedendo corretamente, mas, como lhe disse, preciso viver com você todos os momentos possíveis.

---

23 Remetemos o leitor ao *O Livro dos Espíritos*, questão 958.

24 *O Livro dos Espíritos* – questão 959 – Donde nasce para o homem, o sentimento instintivo da vida futura? Resposta: – "Já temos dito: antes de encarnar, o espírito conhecia todas essas coisas e a alma conserva vaga lembrança do que sabe e do que viu no estado espiritual".

– Minha querida! Somos dois loucos, mas o destino pregou-nos uma peça. Eu devia conhecê-la antes de Jean. Eu a amo muito.

– Agora nada mais importa. Por favor, ame-me!

E, então, amaram-se perdidamente naquela noite. Seus corpos se uniram em profunda troca de energias. Esqueceram o mundo e viveram intensamente aqueles momentos, como se fossem os únicos de suas vidas. Passaram a viver dia a dia seu amor proibido. Encontravam-se sempre no pavilhão de caça localizado na área do *chateau*, mas distante dos olhos dos curiosos. Juntos exultavam de contentamento. Seus corações pulsavam mais forte. Aquelas almas teriam muito a dizer, caso pudessem lembrar-se de suas vidas passadas.

O tempo fugiu rapidamente e daqueles encontros maravilhosos um fato inesperado aconteceu. Francine ficou grávida de Jules. Determinados a ficarem juntos, os amantes prosseguiram em sua caminhada sem terem certeza do que os aguardava no final, mas nada mais havia a fazer, senão esperar. Quando a gravidez começou a dar sinais, deixaram o *chateau* em Versalhes e foram para o castelo dele na Normandia, levando apenas Lucienne.

CAPÍTULO VII

O DUELO

O PERÍODO EM que o casal de amantes viveu na Normandia foi de plena felicidade. Caminhavam despreocupados pelas praias, brincavam nas águas límpidas e ficavam horas deitados na areia, muitas vezes presenciando o crepúsculo.

O tempo passou rapidamente e o filho de Francine e de Jules nasceu numa madrugada de agosto de 1673, para sua alegria e apreensão. Deram à criança o nome do avô paterno, Pierre D'Ercy. Numa manhã de domingo, o casal tomava o café da manhã quando Gaston se aproximou e disse:

– Com licença, menino Jules, mas tenho notícias importantes.

O mordomo cuidara de Jules desde a tenra idade, de modo que não o tratava de forma cerimoniosa, aliás por exigência do próprio conde. Continuou falando:

– Um amigo que trabalha para o duque disse-me que ele deverá chegar a Paris amanhã.

– Então chegou a hora da verdade – disse o conde. – Vamos manter a calma. Sabemos que Jean descarregará todo o seu ódio sobre nós. Precisamos proteger Pierre. Acho que o melhor a fazer é voltarmos a Paris. Pierre ficará aqui com Gaston.

– Eu não quero ficar longe de meu filho – disse Francine.

– Se Deus o permitir, será por pouco tempo – respondeu Jules. – Vamos resolver tudo com Jean. Sabemos que ele não nos perdoará, mas espero que ele entenda e nos libere.

E voltando-se para o mordomo...

– Gaston! Você e Lucienne ficarão com Pierre. Se não retornarmos em uma semana, vocês partirão para a Inglaterra, onde procurarão meu irmão.

E agora, dirigindo-se à criada:

– Lucienne! Procure uma ama de leite que tenha disposição para viajar e a contrate. Vou escrever uma carta para Antoine relatando tudo e enviarei também o meu anel e vou colocar meu sinete sobre o lacre da carta, para que não sejam suscitadas dúvidas quanto à filiação de Pierre.

Pensou mais alguns instantes e completou:

– Gaston... A viagem até Calais é longa, ou seja, você não pode perder tempo; se não voltarmos em sete dias, parta imediatamente. Ninguém na França por ora deve saber sobre o nascimento da criança. Peça a seu filho Duval para tomar conta de tudo aqui na Normandia.

Apesar da angústia que a envolveu pelo fato de afastar-se do filho recém-nascido, Francine entendeu que, para a proteção do menino, aquela era a melhor solução. E assim foi feito.

Os jovens retornaram a Paris e, quando chegaram à propriedade do duque, este já os esperava:

– O que aconteceu? Por que Francine deixou o *chateau*? Onde estavam?

Jules e Francine acomodaram-se na ampla sala da propriedade do duque e contaram tudo, ocultando apenas o nascimento de Pierre. Tentaram fazer Jean compreender que não houve predisposição para trair.

– Covardes! Vocês são um par de covardes! Traíram a minha confiança. Francine, minha querida esposa, uma vagabunda!

Os amantes pediram perdão ao marido traído e manifestaram a vontade de saírem juntos da França. Iriam para a Espanha onde Francine tinha parentes. Jean nunca mais os veria, não obstante, o duque queria lavar a sua honra com sangue e, de repente, sacou uma garrucha e a apontou para ambos, dizendo em voz alta:

– Fiquem quietos! Esta garrucha está carregada. Tem apenas uma bala, suficiente para atingir um dos dois. Se um esboçar reação, o outro morre. Vamos para a sala das armas.

Jules e Francine obedeceram. Ato contínuo, o duque chamou seu escudeiro Paul Dumont e ordenou que amarrasse Francine em uma cadeira. O escudeiro obedeceu, e Francine, que já chorava muito, implorava pelo perdão do marido. Ainda com os olhos faiscando de ódio, o duque disse a Jules:

– Você mostrou ser um bom conquistador. Vamos ver agora se é tão bom também com uma espada.

Jean desembainhou sua espada e mandou que o conde fizesse o mesmo. Francine gritou desesperada:

– Você é o melhor espadachim da França. Não pode fazer isso... Será assassinato! Jules não poderá vencê-lo!

– Ele é um nobre – disse Jean. – Por que não aprendeu a esgrimir?

– Jules é um homem bom. Não nasceu para matar seu semelhante. Por que todo homem tem que se dedicar às armas?

– Tenha calma, Francine. Tudo está feito. Não vou fugir – disse Jules, como se estivesse vendo o que ia acontecer.

– Em guarda – gritou o duque.

Em seguida cruzaram as espadas e começaram a luta. Jules defendia-se como podia, procurando aparar os golpes do adversário, que era muito habilidoso. Aos poucos o conde foi perdendo terreno, suas pernas já não o obedeciam. Estava cansado e mal conseguia manter-se de pé. O duque, ao contrário, preparado tanto física como tecnicamente para o manejo da espada, aos poucos foi encurralando Jules.

A partir daquele momento o conde sabia que estava em vias de ser derrotado. Num lance rápido, Jean deu um corte em seu braço direito, seguido de outro no esquerdo e, por fim, em seu rosto. Francine gritava em desespero. Queria ajudar o amado, mas nada podia fazer.

Então, Jean desarmou o rival e, encostando a espada em seu peito, disse:

– Lembra-se daquele duelo no qual matei o garoto traído pela noiva após desarmá-lo? Você disse que eu fui covarde. Agora o quadro é idêntico. Eu o desarmei. Devo eu simplesmente embainhar minha espada? Claro que não; morra, maldito!

Jean enfiou com força a espada no peito do fraco adversário. Jules caiu agonizando. Jean aproximou-se e penetrou a espada no peito do rapaz mais três vezes e depois chamou seu escudeiro, dizendo-lhe em voz baixa, para que Francine não pudesse ouvi-lo:

– Hoje à noite leve o corpo para Versalhes e o enterre na floresta próxima ao *chateau*. Não quero que me diga depois onde o enterrou. O segredo será só seu.

Francine chorava desesperada, chamando o duque de assassino.

Ajoelhado ao lado do corpo físico ensanguentado, Jules parecia atônito. Não podia perceber o que tinha acontecido[25]. O que fazia ali e por que estava vendo seu corpo? Em desespero, começou a gritar e, em seguida, correu até Francine aos prantos. Abraçou-a, falou com ela, mas não obteve resposta.

O corpo físico de Jules D'Ercy foi levado dali por Paul Dumont, que o enterrou na floresta, a alguns metros de uma gruta. O espírito Jules, entretanto, continuava ao lado de Francine tentando fazer-se ouvir. Estava, de fato, muito perturbado.

---

25 Depois da morte, o espírito conserva a sua individualidade. Na resposta à pergunta 150 de *O Livro dos Espíritos*, está dito pelos espíritos superiores que a alma comprova a sua individualidade porque, apesar de não ter mais um corpo físico, continua tendo "um fluido que lhe é próprio, haurido na atmosfera de seu planeta, e que guarda a aparência de sua última reencarnação: seu perispírito". Em muitos casos, o espírito, após deixar o mundo físico, demora a ter consciência do fato, podendo levar dias, meses ou até anos. Pode ficar, portanto, num estado de perturbação por tempo indeterminado.

Desde a morte de Jules, a duquesa foi trancada num quarto da propriedade. O duque precisava pensar nos surpreendentes acontecimentos que culminaram com a morte do rapaz. Precisava retornar ao *front*, mas não sem deixar tudo devidamente organizado.

Finalmente, encontrou a solução que achara ser a melhor. Entrando no quarto onde estava a duquesa, disse-lhe friamente:

– Eu gostaria de matá-la, mas a morte acabaria com seu sofrimento. Já decidi nosso futuro. Você ficará enclausurada para sempre e eu me tornarei mais rico e poderoso. Vou levá-la para o Convento das Ursulinas[26],

---

26 No século XVII, o Convento das Ursulinas, situado em Loudun, na França, testemunhou uma onda de possessões diabólicas. Muitas freiras falavam palavras sem nexo e passaram a ter comportamento histérico. A própria madre superiora do convento, irmã Claire, foi tomada por espíritos. As possessões espalharam-se pela vizinhança do convento até a vila próxima, o que obrigou o Cardeal Richelieu a constituir uma comissão para acompanhar o caso. O padre Grandier tentou "exorcizar" as freiras, mas não teve êxito. Mais tarde o confessor do convento foi condenado a morrer queimado na fogueira; não obstante, a histeria das freiras não cessou. Consta que os três "exorcistas" que participaram da condenação do padre igualmente nada conseguiram. Também consta que o "exorcista" de nome Surin sofreu uma possessão diabólica por vinte anos. O exorcismo é prática da igreja católica e nenhuma vinculação tem com o espiritismo. A possessão é uma das formas mais graves de obsessão. Exige um intenso trabalho para afastar a influência insidiosa. Cumpre esclarecer que o espírito não entra simplesmente em um corpo "como entra em uma casa". Ele simplesmente identifica-se com um espírito encarnado, "cujos defeitos e qualidades são os mesmos que os seus, a fim de obrar conjuntamente com ele. Mas é o encarnado que sempre atua, conforme quer, sobre a matéria de que se acha revestido. Um espírito não pode impor-se ao que

em Loudun; sua madre superiora deve favores à minha família e cuidará muito bem de você.

---

está encarnado; por isso que este terá que permanecer ligado ao seu corpo até o termo fixado para sua existência material." (*O Livro dos Espíritos,* pergunta 473). Assim, não há coabitação de dois espíritos no mesmo corpo, mas a alma, isto é, o espírito encarnado, pode ficar dependente de outro espírito. Em tal situação, ela pode ficar subjugada ou obsidiada de modo a propiciar que sua vontade de certa maneira fique paralisada e nesses casos pode-se dizer que há possessão, mas os espíritos esclarecem que tal dominação não se concretiza sem que aquele que a sofre o consinta, "quer por sua fraqueza, quer por desejá-la. Muitos epilépticos ou loucos, que mais necessitavam de médico que exorcismos, têm sido tomados por possessos" (*O Livro dos Espíritos,* pergunta 474).

Em nota relativa à pergunta 474 da obra citada, Allan Kardec esclareceu que "o vocábulo possesso, na sua acepção vulgar, supõe a existência de demônios, isto é, de uma categoria de seres maus por natureza e a coabitação de um desses seres com a alma de um indivíduo no seu corpo. Pois que, nesse sentido, não há demônios e que dois espíritos não podem coabitar simultaneamente o mesmo corpo, não há possessos na conformidade da ideia a que esta palavra se acha associada. O termo possesso só se deve admitir como exprimindo a dependência absoluta em que uma alma pode achar-se com relação a espíritos imperfeitos que a subjuguem."

Quanto ao entendimento a respeito do sentido que se emprega ao termo *demônio*, permitimo-nos remeter o leitor à quarta obra do pentateuco kardequiano: *O Céu e o Inferno,* Capítulo X.

CAPÍTULO VIII

O CONVENTO DAS URSULINAS

DECORRIDOS ALGUNS DIAS, Jean de Labertoux entregou Francine à madre Marie, diretora do Convento das Ursulinas, orientando-a para que a deixasse em clausura para sempre. Periodicamente, remeteria moedas de ouro ao convento a título de bonificação. Retornou dali diretamente para o *front*.

Após o decurso de uma semana, Gaston pressentiu que algo de mal acontecera com Jules e Francine e, assim, partiu para Calais levando consigo o pequeno Pierre, Lucienne e a ama de leite contratada sigilosamente.

Durante o percurso procuraram dar à criança o máximo de conforto para que ela suportasse a viagem. A carruagem trepidava muito por força da estrada de terra batida e cascalhos. Em virtude da longa distância entre a Normandia e Calais, foram obrigados a pernoitar em estalagens próximas ou à beira da estrada.

Gaston e Lucienne fingiram ser marido e mulher em viagem com o filho e sua ama de leite. Dias depois chegaram ao destino. Gaston foi ao porto procurar o capitão Henry, velho amigo do conde Pierre D'Ercy, quando ficou sabendo que ele estava viajando.

Durante alguns dias Gaston aguardou a volta do capitão, pois não queria arriscar-se embarcando em outro navio. Depois de muito cansaço pela espera, finalmente Henry aportou. Uma semana depois, levantou âncoras e navegou para a Inglaterra. A bordo estavam Gaston, Lucienne, Pierre e sua ama de leite. A esperança os alimentava. Iniciava-se um novo rumo para as vidas daquelas pessoas, e Pierre começava o seu primeiro capítulo longe da pátria onde nasceu.

O duque de Labertoux deixou Francine no Convento das Ursulinas e retornou ao campo de batalha, certo de que sua presença em Paris não fora notada.

O Convento das Ursulinas, cujo átrio era ladeado por claustros abobadados, tinha jardins muito bem cuidados e magníficos terraços e era dirigido com rigor pela madre Marie. As freiras e noviças, que ali viviam, dedicavam-se ao trabalho diário com uma divisão de tarefas muito bem executadas.

Todos os horários eram observados, com a jornada diária começando muito cedo. Pela manhã, ainda antes do nascer do sol, todas se dirigiam em silêncio à capela localizada junto ao átrio, para a missa que era celebrada pelo padre Philippe, confessor do convento. Após o culto, freiras e noviças iniciavam seus trabalhos, que se desenvolviam até o meio-dia, quando invariavelmente era tocado o sino três vezes, oportunidade em que as religiosas interrompiam suas tarefas e se dirigiam ao refeitório.

Encerrado o almoço, todas se dirigiam às suas celas onde permaneciam em oração durante duas horas, voltando depois às suas atividades, até as 18 horas, quando novamente era tocado o sino do convento convocando-as para o jantar, após o qual iam para suas celas e lá permaneciam até a manhã do dia seguinte. Poucos eram os momentos destinados ao lazer.

Imediatamente após ser entregue à madre Marie pelo duque de Labertoux, Francine foi levada a uma sala que servia de gabinete para a madre superiora. Suando frio, a duquesa pôde perceber com muita clareza como seria a sua vida a partir daquele momento. Sem esboçar um sorriso, madre Marie falou-lhe das atribuições que lhe seriam conferidas:

– Tenho certeza de que seu marido possui razões suficientes para trazê-la para a clausura, mas não quero saber quais são. Aqui passará todo o tempo que lhe resta de vida. Nunca mais falará com outras pessoas a não ser com aquelas que aqui vivem. Toda semana, uma das irmãs vai à vila próxima vender as hortaliças que cultivamos, mas essa tarefa jamais será atribuída a você, por motivos óbvios.

– Quer dizer que sou prisioneira neste convento? – perguntou Francine.

– Se quiser encarar assim, nada a impede, mas vamos tratar do que é importante: suas tarefas. Você cuidará de toda a limpeza do convento, auxiliando a irmã Júlia, que já está idosa para realizar trabalhos pesados. Não usará as belas roupas que trouxe. Seus cabelos serão cortados bem curtos e seu corpo será coberto apenas pelo manto cinza escuro que lhe será entregue quando sair desta sala. Sua cabeça será coberta por uma touca da mesma cor, que somente poderá ser tirada quando for dormir. Somente o duque de Labertoux poderá visitá-la. Fale com as freiras e com as noviças apenas o necessário. Entendeu tudo?

– Sim, madre Marie – respondeu Francine, de modo obediente.

– Quase esqueci de algo muito importante – completou a madre. – O duque quer que controlemos seus períodos de fertilidade.

Aquelas últimas palavras feriram intensamente a duquesa, que, de imediato, tirou suas conclusões a respeito da ordem do duque. Naquele instante dirigiu seus pensamentos ao Senhor, pedindo compaixão. A duquesa tinha apenas 23 anos. Quanto tempo ainda viveria para passar por todas aquelas provações? Pensou em seus pais, falecidos prematuramente, e pediu-lhes ajuda.

Francine passou seu primeiro dia no convento e, à noite, viu-se trancada na cela que lhe foi destinada, localizada no último andar, na extremidade de um longo corredor. Sentou-se no catre e fechou os olhos para se lembrar de todas as cenas que viveu com Jules. Doravante aquele seria seu alento. Seu corpo estava preso, mas sua mente era a sua liberdade. Naquele momento, um calafrio invadiu todo o seu corpo. Teve a impressão de que não estava sozinha, embora não visse ninguém na pequena cela.

A sensação de Francine de que não estava só tinha fundamento, pois Jules ali estava, a seu lado, desesperado por não se fazer ouvir. Acariciou o rosto da amada, que não esboçou nenhuma reação. O espírito Jules ainda não dera conta de sua desencarnação, mas logo viria a perceber. Passava os dias e as noites sentado num canto da cela de Francine.

"Por que ela não fala comigo?" – pensava.

Um dia, porém, teve ciência da realidade, quando viu diante dele dois mensageiros enviados pelo mundo espiritual. Espantado, tentou falar, mas não conseguia emitir som algum. Em sua mente ecoavam palavras vindas de um dos mensageiros:

– Irmão, você não precisa da voz para comunicar-se conosco. Use o seu pensamento. Há muito vínhamos tentando a comunicação, mas você não nos via; estava em outra sintonia em razão de seu desespero.

A mente de Jules começou a receber a transmissão. Estava atônito. O que era aquilo? Quem eram eles? Em dado momento, perguntou:

– Eu estou morto?

Lembrou-se então do último encontro com Jean e sentiu em seu corpo perispiritual o frio do aço da espada do rival, que penetrara em seu corpo físico pelo menos três vezes. E disse:

– Sim, eu morri. Fui assassinado por aquele canalha.

– Não, irmão – interrompeu o mensageiro. – A morte não existe, somos todos imortais. Morreu apenas o seu corpo físico. Nós todos somos espíritos criados por Deus e temos muitas vidas terrenas, necessárias a nosso aprimoramento. Somente com as experiências adquiridas em nossas inúmeras reencarnações, e com os resgates pelo que fizemos em vidas passadas, podemos passar para outros estágios no universo. Nos seus estudos religiosos nunca lhe disseram que há muitas moradas na casa do Pai? Com a evolução gradativa, um dia sairemos do mundo denso para habitar mundos mais sutis. Nós estamos aqui para levá-lo. Você precisa retomar a jornada à qual todos estamos destinados: evoluir para Deus.

– Eu não posso sair daqui. Francine precisa de mim. E há o duque, de quem quero me vingar!

– Jules... Você não poderá ajudar Francine. Todo o sofrimento por que ela está passando é fruto da sua própria semeadura. Estas provas já lhe estavam estabelecidas. Estavam no seu programa reencarnatório.

– Não entendo...

– Sua companhia é perniciosa para Francine. Suga-lhe as energias vitais, como um planta parasita que se alimenta da seiva de outra planta. Por ora, precisa reequilibrar-se a fim de que esteja na condição de ajudar.

– Mas...

– Deus tudo sabe e cuida de todos. Confie. Deixe que Francine prossiga seu trajeto na Terra. O seu já terminou. Quem sabe, talvez se reencontrem algum dia?

– Não, eu não posso. Vou ficar – insistiu Jules. – Só irei depois que tudo estiver resolvido. Tenho muito a fazer. Preciso também encontrar meu filho.

– Podemos dizer-lhe que seu filho está bem em companhia de seu irmão. Ele será bem-educado e um dia fará o que tem que ser feito. Não se preocupe.

– Não, eu não vou – disse Jules, com determinação.

– Tudo bem, irmão. Deus deu-nos o livre-arbítrio, devendo cada um proceder de acordo com sua consciência e vontade, certo de que tudo que é plantado com certeza será colhido. Quem sabe uma dia você pedirá a ajuda do Senhor? Peça e será atendido. Muita paz!

Aqueles mensageiros, envoltos em claridades, afastaram-se. Jules permaneceu sentado num dos cantos da tosca cela. Agora tinha consciência de tudo o que ocorrera. Apesar de entender o que os mensageiros lhe transmitiram, não compreendia a razão pela qual sua companhia poderia ser prejudicial a sua amada.

De fato, Jules, ali permanecendo, estaria retardando seu progresso. E Francine sentiria os efeitos da presença de Jules, cujos fluidos assimilava e deles impregnava o próprio perispírito.

Note-se que a obsessão não ocorre apenas por vingança. Aquele espírito que quer bem a um encarnado, e permanece perto dele, é um obsessor. No caso, pelo amor que nutria pela duquesa, revestido por forte inclinação sexual, Jules se tornaria um íncubus[27], isto é, um obsessor movido pelo amor e pelo sexo.

Fugiu o tempo. Certa manhã, Jules, sentado no catre da cela, olhava Francine, acariciando-a, quando viu o pequeno quarto invadido por muitos espíritos de aparência sombria.

– Quem são vocês? Eu não os chamei aqui.

– Nós viemos para ajudá-lo a vingar-se de Jean de Labertoux – disse um deles, de aparência jovem.

---

27 Íncubus é o marido ou amante desencarnado que obsidia a mulher amada ainda encarnada, sentindo-se dono dela, isto é, como se ela lhe pertencesse. Pode ser por amor ou por vingança; súcubus é a mulher desencarnada que obsidia o homem encarnado por vingança ou por amor. Muitas vezes essa obsessão dura séculos, através de sucessivas reencarnações.

Jules olhou atentamente para o espírito e o reconheceu. Era o jovem cuja noiva fora desvirginada pelo duque, que depois o matou em um duelo. O rapaz prosseguiu:

– Todos os que estão aqui foram destruídos pelo duque e querem vingança. Vamos invadir a mente daquele canalha até que ele morra ou enlouqueça. Não lhe daremos paz. Somos muitos, e um de nós estará sempre ao lado dele.

– Se vocês têm essa força, por que já não o destruíram? – indagou Jules.

– Não é como você pensa. É preciso um trabalho de fortalecimento. Eu e todos deste grupo estávamos perdidos e nos encontramos um a um num lugar onde fomos socorridos e orientados. Fizemos um longo treinamento e tivemos bons mestres.

– Que lugar é esse? – perguntou Jules.

– É o lugar para onde vão pessoas como nós, após a morte. Lá não há a luz que cega, porque estamos protegidos pela névoa escura. Existem muitos mestres e chefes, em perfeita hierarquia. Aprendemos a conhecer todas as formas de alimentar o desejo de vingança e depois satisfazê-lo. Nós já estamos preparados e vamos ajudá-lo. Temos muitas tarefas dadas pelo nosso chefe e muitas vezes um ou mais de nós precisa se ausentar e, quando isso acontece, os demais permanecem com a vítima. Nossa meta é destruir o duque para, finalmente, o levarmos para o mundo da escuridão. Vamos incentivá-lo a ser cada vez mais cruel, a continuar praticando o mal com intensidade. Ele é um homem cruel, como o foi em outras vidas.

– Então, vocês querem cultivar nele o instinto mau – argumentou Jules.

– Cultivar, não! Ele já possui a marca da maldade. Queremos incrementar esse sentimento até levá-lo à loucura. Aí, sim, estará pronto para desencarnar e, quando acordar, será lançado num abismo bem profundo, onde sofrerá todos os horrores e torturas. E, então, você está conosco?

– Não sei. Preciso pensar. Não estou acostumado a fazer o mal – disse Jules.

– Talvez. Mas nós o conhecemos de outras jornadas, muito antes da sua última passagem pela Terra. Por que acha que foi alvo de tantas desgraças e morto pelo rival? Decida-se! Vai se juntar ao nosso grupo ou não?

CAPÍTULO IX

O HERDEIRO DO CONDE JULES

GASTON FINALMENTE CHEGOU a Londres e imediatamente dirigiu-se ao Distrito de Kensington. Não foi difícil encontrar a propriedade da família D'Ercy, pois ali já estivera por diversas vezes em companhia do velho conde. Foi recebido por Antoine e Anne, que não esconderam a surpresa.

– Gaston! O que faz aqui? Quem são essas pessoas e essa criança? – perguntou Antoine.

– Deixe-nos entrar, *monsieur* Antoine. Vou dar-lhes todas as explicações.

Antoine deu ordens a um dos criados para acomodar Lucienne, a ama de leite e o pequeno Pierre. Depois, ele e Anne levaram Gaston para uma sala onde sentaram confortavelmente, passando o mordomo a fazer seu relato. Contou sobre o romance de Jules com Francine e finalmente sobre o nascimento do pequeno Pierre, entregando-lhe a carta escrita pelo conde.

– Esperei uma semana pela volta do conde e depois segui rigorosamente suas instruções. Ainda cogitei de minha ida a Paris para tentar descobrir alguma coisa, mas, depois de refletir, concluí que não podia arriscar a vida do menino. E assim parti para cá com ele, com Lucienne e com a ama de leite.

– Você fez bem. O duque não sabe da existência de Pierre?

– Não, *monsieur!* Quando a duquesa engravidou, o conde partiu com ela para o castelo da Normandia e lá permaneceram até o nascimento de Pierre. O conde teve o cuidado de manter no castelo somente os empregados de total confiança, que já vinham servindo a família há anos. Garanto o silêncio de todos.

Antoine a princípio pensou em ir à França investigar, mas logo desistiu da ideia, uma vez que ao pisar em solo francês seria preso e levado para a Bastilha. Resolveu então mandar a Paris um de seus empregados, ao qual deu instruções para localizar seu irmão. Dias depois, o empregado retornou.

– Procurei o conde por toda a Paris, mas ninguém tem notícias dele, nem da duquesa de Labertoux. Fui a Versalhes, mas não tive sucesso. Parece que ambos desapareceram.

– E o duque? – perguntou Antoine.

– Sabe-se que ele está no *front* lutando com os austría-cos. Ninguém o viu em Paris, nem em Versalhes.

– Gaston, você tem certeza de que meu irmão e a duquesa foram ao encontro do duque de Labertoux?

– Absoluta – respondeu Gaston.

– O desaparecimento de Jules e da duquesa revela o pior – disse Antoine. – Acho que foram mortos pelo duque, que deve ter dado fim a seus corpos. Por ora nada podemos fazer. Se ainda estiverem vivos, darão um jeito de virem para a Inglaterra. O duque de Labertoux é um homem poderoso em território francês, de modo que eles não se arriscarão inutilmente ficando na França.

À noite Antoine e Anne conversaram sobre os surpreendentes acontecimentos em torno de Jules e depois falaram sobre o pequeno Pierre. Emocionada, Anne iniciou o diálogo:

– Estamos casados há alguns anos e ainda não temos filho, apesar de o desejarmos imensamente. Acho que não é nosso destino gerar um filho, mas penso também que Deus reservou-nos essa bênção de uma outra forma. Pais são aqueles que dão o seu amor e encaminham o filho pela senda do bem. Devemos criar Pierre como nosso verdadeiro filho. Vamos abençoá-lo e batizá-lo sem demora. Oh, meu querido! Temos o nosso filhinho.

Antoine emocionou-se com as palavras de Anne e, não contendo as lágrimas, falou:

– Você é uma mulher maravilhosa! Vamos criar Pierre com muito amor e, como disse, orientando-o para trilhar as veredas do bem. Amanhã irei à Igreja e falarei com o padre Richard sobre o batizado.

Antoine D'Ercy quando chegou a Londres teve dificuldades para encontrar uma atividade. O velho conde enviava-lhe dinheiro suficiente para sua mantença e para as despesas com a propriedade de Kensington. Depois da morte do velho Pierre, Jules continuou ajudando o irmão, mas Antoine não era homem de viver sem trabalhar e, assim, tratou de buscar algo para fazer. Lembra-se da ajuda que lhe deu padre Richard, que conhecia a família D'Ercy de há muitos anos e por isso ficou feliz em levar Pierre para ser batizado em sua paróquia.

Graças ao pároco, Antoine começou a lecionar o idioma francês para os filhos de muitos nobres ingleses. Sua fama de ótimo professor espalhou-se por Londres. Além das aulas de francês, deu início a uma outra atividade para ele muito prazerosa, a esgrima. Depois de algum tempo passou a receber seus alunos num salão de sua casa, que transformou em ginásio de esgrima.

O pequeno Pierre D'Ercy foi batizado na paróquia de padre Richard numa bela manhã de domingo. A cerimônia foi simples, com a presença apenas de Antoine, de Anne e dos padrinhos Gaston e Lucienne.

CAPÍTULO X

A VOLTA DE JEAN DE LABERTOUX

ENQUANTO ISSO, NO Convento das Ursulinas, Francine segue seu caminho suportando as provações com resignação. De seus olhos não saem mais lágrimas, nem mesmo quando é castigada fisicamente pela madre superiora, o que ocorre com certa frequência. Sabe que um dia tudo acabará e ela estará liberta. Seu coração pulsa aceleradamente quando seus pensamentos retornam no tempo e a levam ao passado, quando viveu seu grande amor com o conde Jules D'Ercy.

Segue a rotina do convento, pouco ou quase nada fala; às vezes a freira Júlia lhe dirige algumas palavras de conforto.

Jules continua ao lado de Francine. Uma noite, os espíritos que o visitaram anteriormente, convidando-o para ajudá-los na vingança contra o duque de Labertoux, retornam. Um deles pergunta-lhe:

– E então? Vai trabalhar conosco?

Jules lembrou-se da visita dos mensageiros da luz e de suas palavras. Diz então aos visitantes:

– Eu não quero ser escravo de ninguém, e, pelo que concluí de suas palavras, o que fazem é servir a um chefe nesse lugar de trevas. Um chefe que lhes dirige os passos, guiando-os no caminho do mal. Querem vingança contra o duque? Façam o que quiserem, mas sem a minha participação. Quero apenas proteger aquela que amo, ficar ao lado dela e tudo fazer para evitar que lhe façam mal. Pensarei no duque depois, e, seja qual for minha decisão, agirei por minha vontade. Saiam daqui e não voltem.

Os espíritos vingadores retiraram-se contrariados por não terem conseguido a adesão de Jules. Um deles falou preocupado:

– O chefe mandou que recrutássemos Jules D'Ercy para nossas hostes. Temos que aproveitar enquanto ele está desnorteado e preso à sua amada. A qualquer momento os discípulos do Cordeiro poderão levá-lo. Se fracassarmos, seremos castigados.

Aqueles espíritos sofredores continuaram a aliciar Jules na tentativa de levá-lo para as regiões umbralinas e torná-lo mais um a serviço do mal, mas a resistência do conde era tenaz. "Nada me afastaria de perto de Francine" – pensava.

* * *

Dois anos depois da morte de Jules D'Ercy, o duque de Labertoux retornou a Paris. A guerra com a Áustria, que terminaria somente em 1678, para ele acabara. Seu regresso foi revestido de toda pompa, com muitas homenagens. Pediu audiência ao rei Luís XIV, que o recebeu logo depois.

Jean queria obter do rei o cumprimento das promessas que lhe foram feitas. A seu ducado foram adicionadas muitas propriedades, inclusive o Condado D'Ercy. Jean justificou ao rei sua pretensão àquela riqueza:

– Como já é de conhecimento na corte, o conde D'Ercy desapareceu. Ninguém sabe dele. Quando parti para a guerra, comuniquei a Vossa Majestade que pedi a ele para proteger a duquesa de Labertoux. Pois bem, ela também desapareceu. Lamentavelmente acho que fugiram juntos. Jules D'Ercy abandonou suas propriedades. Sabia que, se permanecesse na França, teria de ajustar contas comigo. Covardemente preferiu a fuga. Meu escudeiro Paul Dumont andou fazendo sondagens aqui em Paris e em Versalhes. Há rumores de um romance entre os dois. Assim, estando abandonado o condado, quero reivindicá-lo. Mesmo porque o conde não tem filhos e seu irmão é um inimigo da França. Vossa Majestade, no exercício de vosso poder absoluto, pode tirar o título de nobreza e as propriedades de Jules D'Ercy. Peço que sejam transmitidas a mim, também como prêmio por minha participação na guerra.

E assim foi feito. O agradecido rei Luís passou para o duque de Labertoux todas as propriedades de Jules D'Ercy situadas na França.

Logo depois que Jean de Labertoux integrou às suas as riquezas que lhe foram dadas pelo rei, mandou chamar seu filho em Rheims. Já era hora de voltar para casa. Poderia concluir seus estudos em Paris, se assim o desejasse.

O jovem Jacques de Labertoux finalmente estava em casa. Durante algumas semanas foi instruído pelo pai no que concerne às propriedades da família e sua administração. Quanto ao manejo das armas, o jovem recebeu adestramento por conhecido mestre em Rheims, mormente na esgrima. Cabia agora ao duque completar esse adestramento. Queria fazer do filho um exímio espadachim. Jacques era muito parecido com o pai, não apenas fisicamente, mas também quanto à má índole. Assim como Jean, ele não tinha respeito pelo ser humano, mormente os mais humildes. Alguns anos depois de sua volta ao lar, ficou conhecido, a princípio em Paris, depois em toda a França; ficou famoso como o pai.

Após apossar-se das propriedades do conde, Jean resolveu visitar Francine em Loudun, no Convento das Ursulinas. Pediu para entrevistar-se com madre Marie:

– E então, madre, como está minha mulher?

– Ela está bem. Não estava habituada a trabalhar, mas agora é uma ótima serviçal.

– Fez aquela verificação que lhe pedi? Como ela está hoje?

– Não se preocupe. Ela não está fértil.

– Mande-a interromper os serviços e tomar um banho. Quando estiver pronta, chame-me.

Enquanto madre Marie cumpria as ordens do duque, ele dirigiu-se ao jardim do convento e aguardou até ser chamado. Foi encaminhado à cela de Francine, que se assustou ao vê-lo. Jules avançou sobre ele, mas não conseguiu atingi-lo. O espírito percebeu que não podia tocá-lo. O duque começou a falar:

– Eis-me aqui... Vim visitá-la, embora não devesse.

– O que quer de mim? Já não é suficiente o mal que me causou?

– Não me fale em causar mal. Esqueceu o que fez comigo, com minha honra? Eu não vim aqui para discutir sobre a prática do bem ou do mal; vim para reivindicar meu direito de marido.

Em seguida, aproximou-se da duquesa, insinuando-se:

– Apesar dos maus-tratos, você continua linda! Quero você...

Francine tentou resistir. Mas o duque arrancou a manta que cobria seu corpo. Olhou-a com avidez e em seguida a estuprou. A tudo presenciando, Jules gritava desesperado, sabendo que nada podia fazer para defender usa amada. Francine chorava e se debatia, mas não tinha forças para impedir a violência. Após o ato abjeto, o duque, dirigindo-se à porta da cela, prometeu:

– Eu voltarei.

Jean de Labertoux deixou o convento, montou em seu cavalo e voltou exultante para Paris. Todos os seus planos haviam dado certo. Matara o rival, tomara suas propriedades e estava com a duquesa sob seu controle.

CAPÍTULO XI

O PRESENTE PARA ANTOINE E ANNE

O DESAPARECIMENTO DO conde Jules D'Ercy e da duquesa de Labertoux passou a fazer parte de mais um mistério entre os muitos existentes na França e que eram alimentados pelo imaginário popular naquela época. Antoine concluiu que naquela oportunidade nada poderia fazer para deslindar aquele que tinha como personagens seu irmão e a duquesa.

O pequeno Pierre tem 3 anos de idade. É um menino muito bonito, esperto e carinhoso. Suas peraltices enchem de alegria todos os que com ele convivem. Tem em sua madrinha Lucienne sua maior aliada, que sempre procura encobrir as travessuras mais graves, como no dia em que quebrou um enorme vaso de porcelana que seu avô trouxera de uma viagem à China havia muitos anos. Chama Antoine e Anne como "papai" e "mamãe", e é visível o amor que ambos sentem por ele. Mas a família ainda estava para ser completada. Numa noite muito fria, ouviu-se fortes batidas no portão da propriedade. Um dos serviçais apressou-se para saber quem batia de forma tão contundente. Abriu o portão, olhou em torno e não viu ninguém, mas, quando fazia o movimento para fechar, ouviu choro de criança e levou um susto ao olhar para o chão: dentro de um cesto havia um recém-nascido.

Aos gritos, chamou o patrão, que correu para o portão. Antoine tomou um susto. Pegou o cesto, levando-o para dentro. Logo, Anne, Lucienne e Gaston aproximaram-se falando todos ao mesmo tempo. Antoine acalmou-os. Tirou o recém-nascido do cesto e começou a falar:

– Vejam! É uma linda menininha!

– Que gracinha! – exclamaram.

– É evidente que alguém não quis essa criança. Vamos entregá-la às autoridades.

– Se a colocaram em nossa porta, há um motivo que não podemos ignorar, embora não saibamos qual seja – observou Anne.

– Talvez porque a mãe almeja para ela uma boa educação – arriscou Gaston.

– Antoine... Essa criança está aqui para ser nossa. É um desígnio de Deus. Eu sinto isso. Ademais, Pierre precisa de uma companhia – aduziu Anne, com firmeza.

– Eu também tenho a impressão de que essa menina vai ser muito importante em nossas vidas. Está decidido. Vamos adotar as providências legais. Ela será nossa filha. Lembro-me da conversa que tivemos quando Pierre veio para nós. Nós não podemos gerar filhos, mas temos filhos do coração. Que nome daremos a esse pequenino ser?

– Sophie – respondeu Anne, ao mesmo tempo em que chamava Pierre: – Meu filhinho! você acaba de ganhar uma irmãzinha...

Enquanto se desenrola a trama que envolve as famílias D'Ercy e Labertoux, numa colônia do mundo espiritual os mensageiros que estiveram com o espírito Jules, aguardam para serem atendidos pelo instrutor Albano. Alguém abre uma porta e pede que ambos entrem na sala onde está o instrutor. Após os cumprimentos, um deles começa a falar:

– Irmão Albano! Estamos preocupados com o sucesso da missão que nos foi confiada. Jules D'Ercy não quer afastar-se de Francine de Labertoux. Ainda não se deu conta de que sua companhia lhe é nociva.

– Ao mesmo tempo, ele sofre assédio das trevas – contrapôs o outro mensageiro.

Irmão Albano ouviu atentamente a narrativa dos mensageiros e, instantes depois, ponderou:

– Meus irmãos! Sabem que o trabalho é difícil, mas não podem esmorecer. Foram encarregados de trazer Jules D'Ercy porque ele já tem merecimento para prosseguir sua jornada neste lado da vida e preparar-se para um novo retorno ao orbe terrestre. Não será fácil convencê-lo a deixar aquela que ama. É preciso mostrar-lhe que seu tempo na Terra acabou. E que em relação a esse fato, ele nada pode fazer.

– Já lhe falamos da lei de progresso... Mostramos que agora pertence a outra dimensão e que seu corpo é de outra natureza, vaporosa e maleável...

– É necessário que lhes fale do amor de Deus por Suas criaturas... Continuem velando por ele, mas não se mostrem. Ele necessitará de sustentação fluídica. Orem! Nós estaremos igualmente orando pelo êxito da missão.

O instrutor levantou os olhos para um ponto do Infinito e sussurrou, qual se fora uma prece.

– Quanto às forças que assediam nosso irmão, mister se faz o isolamento magnético do mosteiro, fortalecendo assim psiquicamente todos que ali se encontram. Vigilância e oração!

Encerradas as instruções, Albano continuou em prece, seguido pelo grupo.

Desde então, aqueles mensageiros passariam à missão de guardiões do Mosteiro. Sempre que as sombras tentavam aproximar-se de Jules, estes lançavam um véu que funcionava como parede intransponível. A cada aproximação do grupo de obsessores, do véu partiam raios luminosos que os ofuscavam. Na sintonia em que estava, Jules nada percebia.

CAPÍTULO XII

A FUGA

NO CONVENTO DAS Ursulinas havia uma noviça de nome Françoise. Tinha 17 anos. Logo que ela e Francine se viram, identificaram-se rapidamente. Raras eram as oportunidades para uma conversação, mas a empatia entre elas era flagrante.

Certa manhã, quando foi levada ao jardim que ornamentava o pátio interno do convento, Francine deparou-se com a noviça, que podava as rosas. Percebendo que não havia testemunhas próximas, procurou diálogo com a jovem, perguntando-lhe que razões fizeram-na optar pelo hábito.

Françoise explicou-lhe que não se tratava de uma opção, mas de uma imposição de seus pais. Contou que era filha de um barão em Belfort, cidade quase na fronteira com a Suíça.

– Fica bem longe de Paris – observou Francine.

– Mas esse foi o desejo de meus pais. A intenção era mesmo levar-me para longe.

– Cometeu algum erro?

– Amei. Esta foi a minha falta.

– Acho que entendi. Você ficou apaixonada por um plebeu.

– Sim, mas não tive culpa; foi superior às minhas forças. Eu o conheço desde pequena. Seus pais trabalham no baronato. Sua mãe é cozinheira e seu pai dirige todos os serviçais. É uma espécie de mordomo. Depois que eu e Lucas crescemos, percebemos que nos amávamos. Eu, na minha ilusão, pensei que meus pais compreenderiam e aceitariam, tendo em vista que conheciam Lucas desde o seu nascimento e tinham muita afeição por ele. Todavia, a reação deles foi muito ruim. Como poderiam deixar que eu me casasse com um plebeu? "Jamais!", disse meu pai.

– E a decisão dos seus pais foi esta. Interná-la no convento...

– Foi o que aconteceu. Queriam também despedir os pais de Lucas, que eram seus empregados. Para que tal não acontecesse, exigiram que Lucas se alistasse no exército do rei e decidiram que eu deveria ingressar num convento e dedicar-me à vida religiosa. Para que seus pais não ficassem sem trabalho, Lucas deixou o baronato e foi alistar-se no exército. Quanto mim, aqui estou no Convento das Ursulinas.

– Depois da tempestade vem a bonança. Quando se acalmarem, virão buscá-la.

– Eu não creio. Eles ficarão muito bem com meus dois irmãos. Só vejo uma hipótese para sair daqui.

– Qual é? Estou curiosa.

– Se arranjarem um casamento para mim com um nobre rico.

A conversa das moças foi interrompida pela madre superiora, que, prometendo castigar Francine pela desobediência, falou:

– Recebi uma mensagem do duque de Labertoux. Deve vir visitá-la amanhã.

Ouvindo o nome do duque, Francine estremeceu. Mais uma vez o martírio se repetiria.

* * *

De fato, no dia seguinte, o duque de Labertoux chegava ao Mosteiro das Ursulinas.

Depois de conversar com madre Marie e dar-lhe dinheiro, dirigiu-se à cela de Francine. Jules observou-o, a distância, projetando sobre ele toda a sua raiva. Correu para junto da amada, a fim de sugerir-lhe um caminho para a fuga.

O rival seguiu para a cela da condessa, deixando a capa na antessala. Não houve diálogo. Francine recebeu o duque, passivamente, sem resistência, enquanto Jules assistia a tudo, impotente.

– Miserável! – bradou Jules, espumando de ódio. Pensou em pedir ajuda a Deus, mas não estava certo de sua fé. Na verdade, Jules D'Ercy, apesar de frequentar templos religiosos quando estava encarnado, foi criado pelos pais para viver as ilusões do mundo de César.

Nos seus parcos estudos religiosos, dirigidos por sacerdotes, aprendeu que a fé estava pautada na crença baseada em dogmas, uma fé cega, de modo que ela desmoronou quando veio o sofrimento. Jules, em suas múltiplas vidas muito aprendeu, mas a cada existência foi coberto pelo véu do esquecimento, no tocante às vidas anteriores. Portanto, havia esperança de que a sua fé estivesse apenas adormecida, podendo ser despertada a qualquer momento[28].

* * *

Depois da última visita do duque, Francine concluiu que o marido nunca a deixaria em paz. Prendê-la naquele convento não lhe parecia suficiente e ademais, nutria por ela um desejo incontrolável.

A solução seria escapar daquele lugar horrendo. Mas como? Era constantemente vigiada pelas madres, que obedeciam cegamente às ordens da superiora.

Numa manhã bem cedo, antes de ser tocado o sino da aurora, conseguiu chegar à cela de Françoise. Bateu suavemente, mas o suficiente para ser ouvida. A noviça abriu a porta e Francine entrou.

– O que faz aqui? – perguntou.

– Eu não posso mais ficar aqui. Preciso encontrar um meio de fugir.

– Como?

– Sei que você é quem rega as flores antes do anoitecer. Apenas peço que deixe destrancada a portinhola que dá para os fundos do convento.

---

28 Em *O Evangelho segundo o Espiritismo*, capítulo XIX, item 7, está a lição de que "em certas pessoas, a fé parece de algum modo inata; uma centelha basta para acendê-la. Essa facilidade de assimilar as verdades espirituais é sinal evidente de anterior progresso."

– Mas ainda assim terá de transpor um muro alto...

– Pretendo escalá-lo, por meio dos galhos da mangueira. Um deles pende para o outro lado do muro.

– Meu Deus... Isso pode ser perigoso! Eu não sei, tenho medo de que sejamos descobertas.

– Se fizermos tudo direito, temos chance de escapar. Mas vou precisar de roupas adequadas...

– Quanto a isso, posso conseguir algumas peças na lavanderia...

Francine abraçou a jovem, em expressão de agradecimento.

Dois dias depois, as freiras dirigiram-se ao refeitório, após as preces e atividades matinais. Francine pretendia fugir na madrugada seguinte.

Um sinal de Françoise, disfarçadamente, deu a entender que as providências haviam sido tomadas.

E assim, no meio da noite, Francine conseguiu chegar ao jardim. A lua estava encoberta, o que aumentava a escuridão. Deitou no chão e arrastou-se até a mangueira, onde encontrou as vestes deixadas pela noviça. Estavam dobradas e presas por uma tira de pano. Prendeu-as em sua cintura e começou a escalar a frondosa árvore.

Quando alcançou o máximo de altura possível, constatou o risco que corria caso continuasse a escalada. Os galhos mais altos e que pendiam para o outro lado do muro não eram suficientemente grossos. Mesmo assim, prosseguiu escalando os galhos mais finos, que vergaram sob o seu peso.

Francine teve medo. Mas o plano poderia dar certo. A velha mangueira servia-lhe de ponte para a liberdade. Deslizou pelo galho que vergava além do muro e baixava próximo ao solo, cerca de um metro apenas. Um estalo, e Francine foi ao chão, mas sem sofrer lesões. Levantou-se e correu pela relva.

Amanhecia quando Francine descortinou a vila situada a poucos quilômetros do convento. Preferiu contorná-la pela mata para não ser descoberta, mas antes de prosseguir trocou o manto pelo hábito de freira que Françoise conseguira subtrair na lavanderia do convento.

A mata por onde Francine enveredara era cortada por uma estrada. Resolveu então seguir o seu curso, quando uma carruagem se aproximou veloz. Vendo a jovem, o cocheiro segurou firme as rédeas, fazendo os cavalos interromperem seu galope.

– Irmã! A senhora quer embarcar? Está muito calor para caminhar.

– Para onde está indo?

– Vamos para Nantes.

– Eu não tenho dinheiro.

– Ora! Ajudar uma religiosa é também servir a Deus... Onde está sua bagagem?

– Não tenho bagagem – respondeu apreensiva.

Francine agradeceu. Os cavalos voltaram à sua marcha rápida. Cada vez mais a duquesa se afastava do convento, ao qual esperava nunca mais voltar. Feliz, Jules estava a seu lado.

Na manhã da fuga de Francine, as freiras estavam todas reunidas no refeitório, quando uma delas deu falta da duquesa. Foi um alvoroço. A madre superiora mandou dar busca em todo convento e a cada minuto que passava sem notícia da localização da jovem, seus olhos chamuscavam-se de ódio. Sua irritação se manifestava por meio dos gritos com que se dirigia a suas subordinadas.

Horas depois as buscas cessaram. Francine fugira. A perplexidade tomou conta das freiras. Como aconteceu? Ninguém a viu sair pelo portão, que aliás estava sempre trancado. Algumas começaram a dizer que a duquesa tinha poderes sobrenaturais, que estava em conluio com o demônio. Madre Marie concluiu que nada mais podia fazer e enviou uma mensagem para o duque de Labertoux.

À noite, em sua cela, Françoise não escondia sua alegria. Sufocava suas risadas no travesseiro para que ninguém a ouvisse. "Ela conseguiu!" – pensou orgulhosa.

Dias depois o duque foi ao convento e interpelou a madre com vigor:

– A senhora é uma incompetente. Dei-lhe rios de dinheiro para manter a duquesa presa e a senhora a deixou fugir. Tenho vontade de esganá-la!

– Eu não entendo como ela escapou. Todas as portas estão sempre trancadas e é impossível escalar o alto muro que cerca o convento.

– Não diga asneiras para disfarçar sua incompetência. Alguém abriu aquele portão e a deixou escapar. Quero que interrogue todas as freiras e também as noviças. Tem que haver uma explicação.

A religiosa seguiu à risca as ordens do duque. Todas as internas foram ouvidas. Cogitou-se até da possibilidade de Francine ter-se escondido na carroça na qual são levadas as hortaliças para serem vendidas na vila próxima. Esta foi a hipótese mais plausível considerada por todos. O mistério não foi solucionado, uma vez que ninguém pensou na portinhola que fazia ligação com o jardim dos fundos, mesmo porque ali não havia portão com acesso ao exterior do convento. Por seu turno, o duque de Labertoux jurou que encontraria a mulher fujona, custasse o que custasse.

CAPÍTULO XIII

O ESCONDERIJO

A DUQUESA DE Labertoux conseguiu afastar-se de Loudun graças à gentileza do cocheiro que conduzia a carruagem. Durante o percurso manteve-se em silêncio sob os olhares curiosos dos demais passageiros. Não sabia para onde ir, nem o que fazer. Como iria se manter? Esta era a pergunta que mais a afligia e para a qual não tinha uma resposta, mas por outro lado estava aliviada por livrar-se de Jean de Labertoux.

A carruagem prosseguiu seu trajeto até parar numa estalagem à margem da estrada para a muda de cavalos. Os passageiros desceram para descansar e fazer uma pequena refeição.

Enquanto todos comiam, Francine sentou-se em um banco fora da estalagem e esticou as pernas, quando uma das passageiras, uma senhora de sessenta e poucos anos aproximou-se dela e com delicadeza perguntou se não ia comer alguma coisa. A jovem respondeu que não tinha dinheiro.

A senhora afastou-se, entrou na estalagem e pouco depois voltou carregando um pedaço de pão e de queijo e uma caneca com água. A duquesa agradeceu e comeu avidamente. Depois, começaram a conversar. A senhora inspirava confiança e, assim, refletindo sobre sua situação, Francine concluiu que precisava arriscar, pois, talvez aquela senhora de fisionomia tão tranquila pudesse ajudá-la.

Francine disse que estava no convento contra a sua vontade. Contou sobre os castigos impostos pela madre superiora e que assim resolvera fugir. Contou também que estava desesperada por não ter para onde ir, explicando que não podia voltar para casa. A senhora ouviu-a atentamente e sentiu pena. Lembrou-se da filha que tivera e que morrera ainda muito jovem.

Depois de alguns instantes de silêncio perguntou se Francine não gostaria de trabalhar para ela em sua casa:

– Minha jovem! Nota-se que você é uma pessoa de fino trato. Nada quero saber de sua linhagem, porque, quanto menos souber, melhor. Você é uma jovem muito bonita, mas vejo medo em seus olhos. Façamos assim: se quiser, pode trabalhar em minha casa dirigindo meus empregados e dando aulas a meu neto Maurice.

– Qual é a idade de seu neto?

– Ele tem 8 anos. Minha filha morreu ao dar-lhe a luz. Meu genro ficou revoltado e nem quis ver o menino. Partiu logo depois do sepultamento e nunca mais voltou.

Sem conter o choro, Francine pensou em seu filhinho. Como estaria ele? Estaria em segurança com Antoine?

Desejava ardentemente que tivesse chegado são e salvo a Londres. Seus pensamentos foram interrompidos pela gentil senhora:

– E então, menina... Aceita minha proposta?

A duquesa aceitou. Pensou em beijar as mãos daquela pessoa cheia de bondade, mas controlou-se.

Os passageiros foram convidados para retornar à carruagem. Algum tempo depois, chegaram a uma vila, onde a senhora desembarcou com Francine. Caminharam por algumas ruas e em seguida entraram em uma loja, onde foram compradas algumas roupas para a jovem, que despiu o hábito, substituindo-o por um vestido simples, mas muito elegante.

A jovem inspirou, trazendo ar puro a seus pulmões e expirou como se estivesse expulsando todas as mazelas que estavam em seu corpo. Percebendo os olhares curiosos do dono da loja, a velha senhora disse-lhe sorrindo:

– Minha sobrinha deixou o convento e está voltando para casa, para alegria de toda a família. Nós não queríamos que se tornasse uma freira, mas agora ela caiu em si. Eu bem que lhe havia dito que não tinha vocação.

Olhando para a bela Francine, o homem sorriu, como se tivesse entendido o que a senhora queria dizer. Saíram da loja e uma hora depois subiram em outra carruagem que se dirigia a Toulon.

Madame Justine Fleury era uma rica aristocrata que se afastara do convívio da Corte desde a desencarnação de sua única filha. Sua casa ficava nas cercanias de Toulon, onde vivia apenas com o neto e alguns empregados. Francine sentiu-se bem naquele lugar envolto por uma energia positiva que exalava uma sensação de muita paz.

Francine foi apresentada ao menino Maurice e sentiu muito carinho por ele. Quanto aos empregados da casa, conquistou-os com sua delicadeza e simpatia. No dia que se seguiu à sua chegada, Francine começou seu trabalho de governanta e de professora. Todas as tardes sentava com o neto de madame Justine para dar-lhe aulas.

À noite, após terminar suas tarefas, dirigia-se a seu quarto onde orava e levava seus pensamentos para o passado, revivendo todos os momentos de felicidade que lhe foram permitidos ao lado de Jules. Quase sempre chorava. Naqueles instantes de recordações sentia uma forte aflição e algum cansaço, o que a obrigava a deitar-se e respirar profundamente, quando instintivamente procurava repor as energias.

Desequilibrado, Jules, que estava sempre a seu lado, não percebia que estava sugando as energias de sua amada, por estar junto dela constantemente.

Numa noite, quando estava deitado ao lado de Francine, Jules foi surpreendido pelos mesmos visitantes de luz. Um deles falou:

– Jules, está na hora de ir. Esta aproximação não é boa para você, nem para Francine. Você não percebe que a está prejudicando?

– Não, eu não vou. Ela precisa de mim.

– Não é verdade, Jules. Deixe-a cumprir seu destino; ficando aqui, você só vai atrapalhar. Já lhe dissemos isso.

– Por favor! Deixem-me em paz.

Os mensageiros, sem perder as esperanças, prometeram continuar orando por ele.

Em uma manhã de domingo, Francine e Justine conversavam na ampla varanda da residência, quando viram um cavaleiro aproximar-se. Era Pablo Avelar, comerciante espanhol, que vivia em uma casa vizinha à de madame Fleury.

– Aí vem *monsieur* Avelar – disse Justine, sorrindo.

O espanhol, homem alto e moreno, 40 anos, apeou e cumprimentou madame Fleury.

– Buenos dias, madame Fleury! Está uma bela manhã para cavalgar. Onde está Maurice? Vim para ajudá-lo com o pônei.

Percebendo que Pablo olhava muito para Francine, madame Justine a apresentou e pediu à jovem para levá-lo até Maurice. Ao vê-lo, o menino correu para dar-lhe um abraço, obrigando Pablo a abaixar-se rapidamente.

– Pablo, você veio para ensinar-me a cavalgar com o pônei?

– Para cavalgar, ainda não; primeiro você tem que ficar bem treinado na montaria.

Dirigiram-se ao estábulo, e um dos empregados tirou o pônei da baia e o passou para o espanhol, que de pronto ajudou o menino a montar. Olhando fixamente para Francine, falou:

– Vamos começar... Temos que aproveitar a bela manhã.

Francine deixou-os e dirigiu-se à casa para cuidar de seus afazeres. Cerca de uma hora depois o espanhol deixava o local, não sem antes se despedir de madame Fleury e daquela que assumira a educação de Maurice.

À noite, após o jantar, Justine e Francine conversavam, e a visita de Pablo foi comentada pela senhora:

– *Monsieur* Pablo visita-nos com frequência. É um bom vizinho. Notei que ele não tirou os olhos de você.

Acho que suas visitas serão mais constantes a partir de agora.

Francine ouviu, mas nada disse. Pouco depois foi para seu quarto. Ao entrar, sentiu-se como se um vento frio tivesse atravessado seu corpo. Sentou na cama e teve a impressão de que não estava sozinha, e não estava. Como sempre, Jules estava ali, sentado a seu lado. Sabia que ela não o via, nem o percebia, mas firmemente tentou alcançá-la com o pensamento:

– Oh, minha querida! Estou feliz por tê-la ajudado a escapar das garras de Jean. Mas não vou permitir que outros pretendentes lhe venham perturbar a paz. Estarei aqui para impedir o assédio de aventureiros como este que aqui esteve hoje... Sabe que você é minha, não?

Desta vez, Francine sentiu um frio mais intenso que penetrou em seu peito. De repente seus pensamentos voltaram-se para Pablo Avelar:

– Que coisa estranha! Algo está me dizendo que devo evitar aquele senhor. Por que isso? Ele parece ser uma pessoa gentil. Para mim é só isso; uma pessoa gentil.

Naquele momento, Jules percebeu pela primeira vez que podia captar o pensamento de um encarnado[29]; ain-

---

29 Os espíritos têm influência sobre os pensamentos dos encarnados. Há pensamentos que nos são próprios, como há outros que nos são sugeridos, de modo que é sempre necessário distinguir uns dos outros. Quando um pensamento nos é sugerido, temos a impressão de que alguém nos fala. Os espíritos esclarecem (*O Livro dos Espíritos*) que de um modo geral os pensamentos que são do encarnado, são os que afloram em primeiro lugar. Dizem, porém, que não deve ser de grande interesse estabelecer a distinção, eis que muitas vezes é útil que não se saiba distinguir, porque o encarnado

da que não de todos, mas de Francine, teve certeza. Ficou feliz quando constatou que o espanhol não a interessara. A jovem apagou as velas que iluminavam o ambiente, deitou e logo depois adormeceu.

Madame Fleury estava certa quando disse que as visitas de Pablo tornar-se-iam constantes. O espanhol, sempre que podia, fazia sua visita e procurava um pretexto para estar perto de Francine, que o tratava com delicadeza, mas não lhe demonstrava nenhum sentimento que não fosse de amizade.

Depois que Maurice aprendeu a montar em seu pônei, a jovem, atendendo ao pedido de madame Justine, acompanhava-os em pequenos passeios a cavalo.

Numa manhã, Pablo decidiu-se e confessou seus sentimentos, mas Francine com sinceridade disse-lhe que nunca poderia amá-lo, porque seu coração já havia sido definitivamente entregue a outro homem, morto prematuramente. Pablo não escondeu sua decepção, entretanto, prometeu que nunca mais lhe faria outra declaração de amor:

– Compreendo seus sentimentos e devo respeitá-los. Se você não se incomodar, gostaria de ser um fiel amigo.

---

atua com mais liberdade. Dizem, ainda, que se a decisão é pelo bem, é voluntariamente que o pratica: "Se se toma o mau caminho, maior será a sua responsabilidade." (*O Livro dos Espíritos*, perguntas 460 e 461). Vale lembrar que os pensamentos sugeridos podem advir de um espírito bom ou de um espírito mau, de modo que em tais casos é importante que o receptor do pensamento procure analisar, pois os bons espíritos só dão conselhos para o bem, competindo a cada um discernir. Os espíritos podem captar os pensamentos do ser encarnado ainda que os queira ocultar, daí Jules ter captado os de Francine.

– Perdoe-me por não corresponder ao seu amor, mas ficarei honrada se me aceitar como amiga.

Pablo e Francine realmente tornaram-se grandes amigos. O espanhol continuou a amá-la, mas resignou-se com a amizade sincera que ela lhe ofereceu. Parecia que doravante o caminho da jovem não seria mais tortuoso. Justine e Maurice gostavam muito dela. Aquela pequena família era muito feliz e com muito carinho passou aquela felicidade para a infortunada duquesa.

CAPÍTULO XIV

OS OBSESSORES DO DUQUE

O INCONFORMISMO DE Jean de Labertoux com o desaparecimento de Francine crescia a cada dia. Não se conformava com o que chamou de incompetência de madre Marie, por não impedir a fuga. Seu humor piorava dia após dia e qualquer coisa que o desagradasse era motivo de reação violenta, tudo isso consequência de seu desequilíbrio provocado pela obsessão de que estava sendo alvo.

Paul Dumont recebeu a incumbência de resgatar a duquesa onde quer que estivesse. E, assim, despachou alguns homens para percorrerem o país em busca de informações que indicassem o seu paradeiro.

Os obsessores do duque concluíram que era chegado o momento de intensificar sua atuação. Todos convivem com aqueles com os quais têm afinidade. E é por meio desse convívio que é efetivada a troca de energias. Aqueles que mantêm pensamentos limpos, elevados e voltados para o amor, atraem para seu lado os bons espíritos. As pessoas que convivem com o mal, que têm pensamentos negativos ou se deixam dominar pelo desespero, baixam suas vibrações e abrem espaço para a aproximação de espíritos que ainda não enveredaram nos caminhos que conduzem à iluminação. Portanto, tudo depende da nossa sintonia[30]. Jean, por força de sua conduta, dava total abertura para as obsessões.

A forma com que os obsessores atuam, com maior ou menor intensidade, depende das causas que deram ensejo à obsessão. Se há espíritos que atuam para vingar-se, com certeza não o fazem por mero deleite. A lei da ação e reação está sempre presente. Aquele que pratica o mal, acaba, mais tarde, atraindo o mal para si. Se um espírito obsidia outro para vingar-se, muitas vezes age como cobrador de uma dívida.

O algoz de hoje pode ter sido a vítima de ontem.

No que tange ao duque, este vinha sendo perseguido por espíritos aos quais prejudicara nesta e em vidas passadas. A obsessão não se dá apenas de desencarnado para encarnado. Com efeito, um desencarnado pode obsidiar outro, mantendo-o sob seu domínio, o que ocorre com frequência nas regiões inferiores.

É também comum a obsessão de encarnado para desencarnado, por força do apego que o primeiro tem

---

30 A associação de interesses ou sintonia "é a regra de conduta que a divina lei de amor impõe naturalmente em toda parte". Qualquer mudança de sintonia ou diferenciação de níveis de troca energética vital sempre decorrerá necessariamente de alteração do potencial íntimo de cada espírito e da natureza de seus pensamentos e emoções" (*O espiritismo de A a Z*, pág. 808, FEB)

pelo segundo, apesar de estarem em planos diferentes, como no caso entre membros de uma família. O inconformismo com a separação, como no caso de uma mãe que chora a perda de um filho querido, pode prender-se obsessivamente ao desencarnado, que sente o peso das lágrimas maternas e é afetado por seu pranto e lamentos. Esse vínculo prejudica muito aquele que se foi, porque os apelos de saudade embaraçam os passos daquele que precisa seguir e avançar na senda de evolução.

Um encarnado pode, igualmente, obsidiar outro encarnado. É uma forma comum de obsessão e se caracteriza pela autoridade que uma pessoa mantém sobre outra, tirando-lhe a autonomia e a decisão sobre seus atos. Essa obsessão pode caracterizar-se por um sentimento de inveja ou de ciúme, que são faces do orgulho. O domínio é exercido de forma tão sutil, que o dominado julga-se muito amado. "Essas obsessões correm por conta de um amor que se torna tirânico, demasiadamente possessivo, tolhendo e sufocando a liberdade do outro."[31]

A ação obsessiva dá-se através dos *chakras*, que são centros de energia no corpo físico e no corpo espiritual do indivíduo, sobrepostos e interligados, dos quais dependem o seu equilíbrio físico, emocional e espiritual. Têm natureza transitória, ou seja, após a morte do corpo físico desaparecem. Ou, dizendo de outra forma, desintegram-se.

Os *chakras*, que são centros de atividade da força sutil, dão vitalidade ao corpo físico e estão intrinsecamente ligados à saúde. Recebem, acumulam, transformam e ir-

---

31 *O espiritismo de A a Z*, FEB.

radiam energia. São em número de sete, a saber: *básico*, localizado no períneo entre o ânus e os órgãos genitais; *genésico*, localizado no plexo sacro; *umbilical*, situado entre a décima segunda vértebra torácica e a primeira lombar; *cardíaco*, que está entre a quarta e a quinta vértebras; *laríngeo*, localizado na garganta; *frontal*, situado na testa, entre as sobrancelhas; e *coronário*, que está no alto da cabeça.

* * *

É domingo. Jean de Labertoux despertou mal-humorado, o que vinha acontecendo com certa habitualidade. Chamou um de seus serviçais e mandou que preparasse seu banho, no que foi prontamente atendido. Após banhar-se, foi vestir-se, quando percebeu que o *rhinegrave*, que era uma espécie de calção saia, estava amassado. Chamou o serviçal e deu-lhe uma bofetada tão forte que o lançou ao chão. Naquele momento, em seu cérebro pareciam ressoar palavras que lhe diziam:

– O tapa o pegou de jeito. Ótimo. Aproveita que ele está caído e o chute com força.

Ao comando em seu cérebro, Jean chutou forte o lacaio.

– Isso mesmo! Chuta mais, mais! Arrebenta esse imprestável!

O pobre serviçal começou a gritar, chamando a atenção. Jacques entrou no amplo quarto e segurou o pai.

– Não faça isso, meu pai! Assim pode matá-lo...

– É um imbecil! Merece apanhar muito!

O serviçal, vendo-se livre do ataque, saiu dali correndo. Jean sentou-se na cama e aos poucos foi se acalmando. Depois levantou-se e desceu para fazer o desjejum. Jacques sentou-se ao seu lado. O silêncio foi cortado pela voz do duque:

– Já assumimos todas as propriedades de Jules D'Ercy, com exceção do castelo na Normandia e das terras em torno. Reúna alguns homens. Vamos assumir o que é nosso.

* * *

Jean e Jacques de Labertoux partiram para a Normandia. Ao chegarem ao castelo, mandaram chamar Duval, o filho de Gaston, que ficara encarregado de cuidar da propriedade. Jean falou:

– Vim tomar posse de meu castelo e de minhas terras, que me foram dados pelo rei. Os empregados que jurarem lealdade a mim, poderão ficar; os demais devem sair agora.

– Pelo que me consta, este castelo pertence ao conde D'Ercy – respondeu Duval.

– Lacaio, você não me ouviu. Esta propriedade não mais pertence ao conde. Aliás, o Condado D'Ercy não existe mais – disse Jean.

– *Monsieur* tem o título de posse? Mostre-o.

Jean, que montava belo cavalo negro, apeou. Nisso, mais uma vez sua mente foi invadida pelos obsessores: "tamanha insolência. Não lhe respeita o título de nobreza! Como se atreve a discordar do grande duque? Deve responder com sua vida. Mate-o, mate-o agora. Vamos, não hesite!"

Sem dizer uma só palavra, Jean desembainhou sua espada e deu uma estocada no coração de Duval, que pereceu ali mesmo. Jacques olhou estupefato para o pai. Foi a primeira vez que o viu matar alguém a sangue frio. Lívido, disse:

– Por que o matou, meu pai? Ele estava desarmado.

– Eu tenho todo o poder. Ele estava em minha propriedade e recusou-se a sair. É assim que devemos proceder contra todos os que quiserem se opor a nós. Você vai herdar meu título e todas as nossas propriedades e deve agir como um nobre. Pense nisso. Sei que ainda não matou, mas vai matar, tenha certeza.

– Não tenho medo de matar, mas fiquei assustado ao vê-lo trespassar esse homem com sua espada – disse Jacques.

– Nós somos nobres. Devemos nos impor sempre e, se é necessário matar, matamos.

Os espíritos vingadores gargalhavam de satisfação, pois Jean comprometia-se gravemente ante as Divinas leis. Um deles falou:

– Magnífico! Ele já era muito mau; agora vai ficar pior. Ficaremos lado a lado com ele até sua vinda para cá. Depois o deixaremos à mercê de suas vítimas, que estarão sequiosas de vingança.

Depois de se apossar do castelo, Jean mandou o filho permanecer ali para organizar tudo e consolidar a posse. Deveria expulsar todos aqueles que fizessem oposição ao novo senhor.

Jean de Labertoux retornou a Paris, mas a satisfação por ter tomado posse de todas as propriedades de Jules D'Ercy pouco a pouco se esvaiu. Pensa no jovem conde e em Francine com muita raiva e nesses momentos sua expressão facial torna-se sombria. A energia que o envolve é deletéria. Sente muita dor de cabeça e, às vezes, um intenso calafrio toma seu corpo, seguido por febre alta. Por tudo isso chama seu médico, que o examina com profundidade, mas nada encontra.

Os obsessores do duque apresentam-se a seu chefe para fazer relatório sobre o desenvolvimento de suas ações. Um deles fala com entusiasmo:

– Chefe! Conseguimos avançar nos nossos planos. O homem praticamente está sob nosso domínio.

– Continuem! Continuem! Este canalha já foi um amigo. Mas o miserável me traiu. Roubou meus bens e exterminou minha família.

* * *

Os fatos a que o representante das trevas se referia remontam à Idade Média, final do século XI, ano de 1095. Os cristãos do Ocidente organizaram expedições com a finalidade de libertar o Santo Sepulcro em Jerusalém. Havia promessa de riquezas formadas pelos despojos de guerra para todos os que se alistassem.

– Enquanto eu lutava contra os muçulmanos, ele, que jurara cuidar de minhas propriedades e família, fez o contrário: apossou-se de tudo e, ainda não satisfeito, matou meus pais, minha mulher e meus filhos. Nenhum parente ficou vivo. Durante as cruzadas, matei muitos muçulmanos em defesa da fé cristã, mas essa matança só serviu para aumentar minhas dívidas. Participei de uma empreitada inútil, cujo resultado foi a destruição de meus entes queridos. Diante da morte de minha família, fiquei desesperado e o procurei, mas ele se escondeu e mandou um de seus sicários[32] preparar uma emboscada para mim. Assim, numa noite, quando passava por uma viela, fui atacado por vários homens. Lutei muito, mas não consegui escapar com vida. Como podem ver, este infeliz merece sofrer tanto quanto nós temos sofrido... Após minha morte, padeci muito. Mas o meu ódio e sede de vingança me deram força e inteligência para organizar este exército, do qual assumi o topo na hierarquia.

– E quanto a nós? Do que estamos nos vingando? – argumentou um dos comandados.

– Vocês são vítimas desse verme, tanto quanto eu! Quando se recordarem de tudo, saberão do que digo. Quando ele deixar o corpo verá que seus títulos de nobreza valem bem pouco deste lado.

– O senhor o está perseguindo há séculos?

– Não fossem os "discípulos do Cordeiro" e eu o teria pego antes de retornar à carne. Estive então à sua caça, até que o localizei sob a identidade de Jean de Labertoux, repetindo as mesmas crueldades de antes.

---

32 Assassinos assalariados

CAPÍTULO XV

JACQUES DE LABERTOUX

JACQUES DE LABERTOUX ficou na Normandia. Havia muito a fazer para incorporar o castelo e as terras aos domínios do duque. Entendiam os novos proprietários que era indispensável mudar toda a administração, nela envolvendo a troca de trabalhadores de um modo geral, inclusive nas áreas agrícola e pecuária.

A família D'Ercy destinava o uso das terras à agricultura, mantendo apenas uma pequena criação de cavalos e uns poucos bois. O duque de Labertoux queria incrementar a pecuária especificamente na criação de cavalos, pois com as guerras o rei sempre precisaria de boas montarias.

Assim, os Labertoux reduziram a atividade agrícola, despedindo a metade dos camponeses que cuidavam das plantações.

Jacques de Labertoux cuidava com rigor dos interesses da família e não hesitava em castigar os displicentes.

126 | Jorge Sincorá dos Santos

Tornou-se conhecido em toda a região e como o pai, logo iniciou suas aventuras amorosas, sem qualquer obediência a preceitos morais e certamente começou a angariar inimigos. Seu primeiro duelo aconteceu em Paris, quando foi visitar o pai e prestar contas de sua administração na Normandia, como será narrado adiante.

O duque de Labertoux e seu filho foram convidados para uma festa nos arredores de Paris, na residência de *monsieur* de Villeroi, um conhecido aristocrata.

Durante a festa, o jovem Jacques de Labertoux conheceu a baronesa Liliane de Chambliss, mulher do barão de Chambliss, homem de 40 anos de idade, conhecido por sua habilidade com as artes marciais, principalmente a espada. Foi herói na guerra com a Áustria.

Jacques de Labertoux entusiasmou-se com a beleza da baronesa.

– Quem é essa bela mulher? – perguntou ao pai.

– Você não deve interessar-se por ela – disse Jean. – O barão de Chambliss, seu marido, é muito ciumento e vingativo. E mais: um excelente espadachim.

– Melhor que o senhor? – perguntou Jacques.

– Nunca cruzamos nossas espadas, mas sou tido como o melhor da França; todavia, o mesmo não se pode dizer de você. Portanto, cuidado.

Jacques entendeu a advertência do pai, mas sua libido[33] predominou. E assim, dias após a festa, procurou obter informações sobre o barão, principalmente sobre seus hábitos, pagando a um de seus serviçais, que lhe prestou preciosos informes. Uma vez por semana o ba-

---

33   Instinto ou desejo sexual.

rão viajava para o interior, enquanto a baronesa deslocava-se a Paris onde ficava na residência situada na Avenida de Paris.

Nos dias em que Liliane estava na residência em Paris, Jacques ficava bem próximo da janela do quarto que a jovem ocupava, cuja localização lhe fora dada pelo serviçal. De vez em quando ela surgia na janela e via o rapaz, que lhe acenava tirando o chapéu. A jovem sorria e desaparecia. Assim foi por um bom tempo. Todas as vezes em que ela estava na Avenida Paris, lá estava também o filho do duque de Labertoux.

Até que um dia ela saiu de casa para um passeio a pé, caminhando a seu lado sua dama de companhia. Enquanto Liliane de Chambliss caminhava despreocupada pela Avenida Paris, Jacques aproximou-se dela com um largo sorriso.

A jovem parou e disse:

– Bom dia, *monsieur*. Tenho notado sua presença sob a janela de minha casa sempre que estou em Paris. O que quer? Pelo que concluo de sua aparência, é um aristocrata. Como se permite importunar uma dama?

– Perdoe-me, madame! Não quero ser importuno, mas desde que a conheci, a senhora não me sai da cabeça.

– O senhor estava na festa de *monsieur* de Villeroi.

– Então a senhora também me notou...

– Não foi bem assim.

– A senhora sabe que foi. Simpatizamos um com o outro; esta é a única explicação, uma vez que havia mais de uma centena de pessoas naquele lugar.

A baronesa calou-se por um breve momento e em seguida, disse:

– O senhor pode ter razão, mas não cometi pecado algum porque o notei; afinal seu porte físico chama a atenção.

– A sua inegável beleza também. Vamos então dizer que nós nos atraímos mutuamente.

– O senhor está torcendo os fatos.

– Muito bem, senhora, nada mais direi. Tive muito prazer em vê-la. *Au revoir.*

Jacques afastou-se com um sorriso nos lábios. Na semana seguinte procurou o serviçal do barão e mais uma vez o subornou, agora para entregar um bilhete à baronesa, convidando-a para um encontro no pavilhão de caça dos Labertoux. Com aquele bilhete o jovem estava arriscando tudo, porque, se ela ficasse ofendida, certamente contaria ao barão e tudo estaria perdido.

O vento soprava em favor de Jacques, pois, atendendo ao convite, a baronesa pontualmente chegou ao pavilhão de caça dos Labertoux. Tão logo entrou, foi recebida com um abraço e caloroso beijo, ambos correspondidos. Entre um beijo e outro ela falou:

– Nós somos loucos. Se o barão descobrir, vai matar-nos.

– Confie em mim. Nós estamos fisicamente atraídos. Vamos deixar nossos instintos prevalecerem. No momento oportuno cuidarei do barão.

Jacques e Liliane tornaram-se amantes. Encontravam-se em lugares diferentes, mas ainda assim não tardou para o barão tomar conhecimento do adultério e, quando aconteceu, deu uma surra na jovem e a manteve trancada em seus aposentos. Em seguida foi procurar o jovem Labertoux.

O duque de Labertoux repreendeu o filho pelo ato praticado, mas no íntimo não o culpou. O que Jacques fez, ele fazia desde jovem. A integridade nunca foi seu forte; ao contrário, Jean não tinha respeito pelo seu semelhante e desprezava as mulheres, para ele meros instrumentos para a satisfação sexual dos homens.

O barão de Chambliss procurou Jacques em sua casa. Foi recebido pelo duque que lhe deu as boas-vindas. O visitante acomodou-se em uma cadeira e depois disse quase gritando:

– Chame seu filho. Quero falar com ele.

– Jacques!

Ouvindo a voz do pai, Jacques aproximou-se. O barão levantou-se, tirou uma das luvas e com ela bateu no rosto do rapaz.

– Estou aqui porque quero limpar a minha honra – disse o barão.

Jacques olhou para o adversário com frieza e respondeu:

– Eu já o esperava. Quando vamos duelar?

– Na alvorada de amanhã no bosque atrás da Capela de Santa Etiene. Leve seus padrinhos.

– Espada?

– Sim, espada.

Depois que o barão de Chambliss se retirou, Jean dirigiu-se ao filho:

– Não lhe disse que você ia correr perigo? O barão é um dos melhores espadachins da França. Ele vai matá-lo!

– Não tenho certeza disso. Eu também sou muito bom e chegou a hora de provar. Afinal, o senhor me ensinou tudo que sei em termos de esgrima. Não se preocupe, na próxima madrugada o barão de Chambliss vai morrer e eu ficarei com a adorável Liliane para meu prazer.

Amanhecia quando Jacques chegou ao bosque acompanhado pelo pai e por um amigo. Desembainhou a espada e fez alguns movimentos com as pernas, procurando alongá-las. O barão e seus padrinhos já o esperavam, assim como um médico. Os dois colocaram-se em posição e iniciaram o duelo.

No primeiro movimento feito pelo jovem Labertoux, o barão percebeu que não seria fácil vencê-lo. Inicialmente um estudou os movimentos do outro, cruzando as espadas, mas sem atacar. E de repente começaram a lutar tenazmente. Ora Jacques atacava, ora se defendia, como se pretendesse atrair o exímio adversário. E depois de alguns minutos, que para Jean pareciam intermináveis, o rapaz passou a atacar. Suas pernas movimentavam-se com agilidade e sua mão direita manejava a espada com espantosa destreza.

Admirado, o duque compreendeu que seu filho era um espadachim de muita qualidade, digno de um legítimo Labertoux. O fato é que o barão de Chambliss, surpreendido, foi cedendo terreno ao desafeto, até que foi traspassado pela espada de Jacques diretamente na altura do coração.

Caiu ferido, ensanguentado. O médico aproximou-se e examinou os ferimentos do barão e, fazendo movimento negativo com a cabeça, falou:

– Não adianta! O ferimento foi muito profundo. Tentarei estancar o sangue. Levem-no para casa para que morra em sua cama.

O barão de Chambliss morreu em sua casa naquele mesmo dia, sendo certo que sua morte atraiu para

Jacques a fama de grande espadachim, eis que vencera em duelo o famoso barão.

Com o afastamento do barão, Jacques passou a relacionar-se com Liliane abertamente. Circulava com ela por toda Paris, como se estivesse exibindo um troféu. Depois de algum tempo cansou-se dela e a abandonou.

Não suportando a vergonha, nem o abandono pelo amante, Liliane deixou o corpo físico pelo suicídio. Seguiram-se novas conquistas e outros duelos. Agora não mais um Labertoux ameaçava a tranquilidade dos pacíficos, mas dois: pai e filho.

Como sabemos, a alma que deixa o corpo físico conserva o corpo espiritual, o qual Allan Kardec denominou *perispírito*. Sabemos igualmente que a alma não tem conhecimento de si mesma depois de deixar o corpo físico, eis que passa algum tempo, em grau maior ou menor, dependendo da elevação de cada um, em estado de perturbação[34].

A perturbação que envolve o espírito está vinculada a uma série de circunstâncias, de acordo com a situação de cada um, sendo certo que o tipo de morte tem influência como, por exemplo, por acidentes, principalmente os que causam deformações no corpo físico e por consequência no perispírito, e por suicídio.

Em tais casos, muitos espíritos ficam atônitos e não acreditam que desencarnaram. Ficam perto de seus corpos e não entendem por que estão separados deles.

Liliane deu fim à própria vida movida pelo sentimento de culpa, vergonha e abandono. Abreviou o curso da

---

34 *O Livro dos Espíritos*, questões 163 e 164.

existência, interrompendo-a de forma abrupta. Assim, em consonância com sua condição vibratória, deparou-se numa região para qual são atraídos os espíritos que desencarnaram por atentar contra a própria vida – o Vale dos Suicidas.

Cabe aqui observar que esse vale não é um local determinado, com entrada e saída como uma estância ou área semelhante, na Terra, onde há uma porteira de entrada e adiante uma recepção. O Vale dos Suicidas é um plano no astral inferior onde tudo é muito denso. O suicida para lá é atraído em função do sentimento de culpa que carrega consigo. Dado o seu estado de perturbação, desconforto e aflição, parece que nada percebe, a não ser a si mesmo com suas angústias. Quando sente que deixou voluntariamente o corpo físico, seu desespero aumenta e tenta inutilmente retroagir.

Igualmente aqueles chamados de suicidas inconscientes, quando dão conta de que perderam o corpo físico, envolvidos pelo remorso e pela culpa, igualmente sentem-se atraídos para aquele plano, onde tudo é construído pelas mentes daqueles que para lá se dirigem.

Embora um não perceba o outro, pois cada um está imerso em suas próprias amarguras, suas condições energéticas se assemelham. E assim se unem para construir o cenário que é próprio a todos; não podem plasmar um lindo vale repleto de flores de várias espécies e cachoeiras, porque o desânimo, o desespero e o pessimismo não permitem. E assim constroem tudo o que coaduna com sua baixa condição mental.

O chamado Vale dos Suicidas recebe muitas vibrações energéticas positivas, emanadas pelos espíritos que semeiam o bem. Maria de Nazaré, mãe da humanidade, constantemente envia suas legiões para auxiliar aqueles espíritos sofredores. A permanência nesse plano é por tempo indeterminado e aqueles que sinceramente pedem socorro, de acordo com seu merecimento, são dali recolhidos e levados para uma colônia, para tratamento e preparação para futura reencarnação.

Aquele que suprime sua vida corpórea, muitas vezes pensa que com a morte física estará pondo fim às suas provações, o que é um engano, constatado depois e que aumenta sua aflição, pois terá agido sem o resultado que esperava. As barreiras que surgem durante uma reencarnação, têm que ser superadas de alguma forma pelo espírito, de modo que não adianta fugir delas.

Então, se há suicídio, o espírito terá que depois voltar em novo corpo para enfrentar aquilo de que antes fugiu, e assim será, vida após vida, até que finalmente seja ultrapassada a barreira. É o que deverá ocorrer com Liliane de Chambliss, que deixou seu corpo físico prematuramente.

Liliane de Chambliss está desnorteada e amedrontada. Sua visão está turva. Seu perispírito está danificado pela cicuta[35] que corroeu seu estômago. Sua morte física foi terrível; após ingerir um veneno muito forte extraído de uma planta, deitou-se na cama e esperou. Não imaginava que seu corpo seria corroído lentamente e que as dores seriam fortíssimas. O suor cobriu o seu rosto, seu corpo começou a tremer e naquele momento o medo a dominou. Percebeu então que não valia a pena, que seria castigada por Deus e que seu castigo seria arder no inferno.

---

35 Planta venenosa, umbelífera, e o seu veneno.

Levantou-se da cama quase se arrastando e tentou alcançar uma jarra com água que estava sobre uma mesinha bem próxima. Com muita dificuldade conseguiu segurar o recipiente e sôfrega bebeu a água, mas não adiantou. A dor foi aumentando. Sentia o corpo queimar por dentro como se seus órgãos estivessem se dissolvendo. Largou a jarra e caiu no chão. Sua vida terrena chegara ao fim.

No Vale dos Suicidas, Liliane tem muito remorso e, se pudesse, voltaria atrás, mas não pode. Sente-se muito só naquele lugar, nada percebe além de sua angústia, pois apenas vê dentro de si mesma. Sente-se perdida.

O barão de Chambliss era um nobre que gozava da simpatia do rei, principalmente pelo seu heroísmo na guerra contra a Áustria.

O duque de Labertoux e seu filho foram chamados à presença do rei para darem explicações sobre a morte do barão. Durante a audiência com o monarca, Jacques permaneceu em silêncio, encarregando-se o duque de atuar em sua defesa. Luís XIV não ficou satisfeito com as justificativas, mas levando em conta igualmente a fama de Jean e os serviços que prestou à Coroa, perdoou o jovem espadachim, advertindo ao duque de que fatos como aquele que levou à morte do barão, nunca mais deveriam acontecer.

Jean de Labertoux resolveu afastar o filho de Paris e o mandou para a Normandia. O rapaz voltaria a cuidar do castelo e das terras.

Jacques de Labertoux estava, havia algumas semanas, na Normandia. Numa manhã de domingo, quando cavalgava pelos campos, encontrou uma jovem camponesa de pele morena, cabelos castanhos e olhos de igual cor. Vestia uma peça longa, com altura abaixo dos joelhos, com um decote em "V". A cintura estava amarrada por uma espécie de cinto que realçava seu corpo esbelto. Aproximou-se dela e desceu do cavalo.

A moça assustou-se e tentou correr, mas Jacques a segurou pelo braço e disse que não lhe faria mal. Apresentou-se como o filho do duque de Labertoux. A jovem disse chamar-se Marie e que vivia naquelas terras com seus pais. Eram camponeses empregados do duque.

Delicadamente Jacques ofereceu-se para carregar o cesto cheio de legumes que ela trazia, mas Marie recusou a ajuda dizendo que estava acostumada com o peso. Continuaram a caminhar lado a lado até que chegaram a uma cabana.

O local era muito bonito, cercado de árvores, algumas frutíferas, e bem próximo havia um riacho. Na porta da cabana estava a mãe de Marie descascando batatas. A mulher olhou desconfiada para Jacques e disse à filha:

– Entre, Marie! Precisamos preparar o almoço.

– Bom dia, madame. Meu nome é Jacques de Labertoux. Sou o filho do duque, dono destas terras.

– Onde está o conde D'Ercy? – perguntou a velha senhora. – Quando viemos para cá, há muitos anos, o dono era ele.

– Houve mudanças por aqui. O velho conde morreu, e o filho desapareceu. O condado não existe mais. Agora tudo está integrado ao ducado de Labertoux, por ordem do rei. Mas não se preocupe, pois todos que forem fiéis ao duque não serão incomodados.

Jacques despediu-se e foi embora. Horas depois estava no castelo reunido com Paul Dumont para dar-lhe incumbências.

– Quero que você fique de olho por aí. Se qualquer camponês não se comportar como deve, será expulso. Quero que controle também toda a produção de hortaliças e vegetais. Não será difícil, uma vez que a área de plantio está menor. E mais, quero saber tudo a respeito da jovem Marie, filha daquele camponês barbudo que ocupa a primeira cabana do bosque.

Paul Dumont passou a fiscalizar o plantio e a colheita, como ordenado por seu patrão. No que tange à jovem Marie, soube que trabalhava na lavoura ajudando a transportar a produção em pequena carroça puxada por boi. Os homens faziam o carregamento, e ela conduzia a carroça até o local onde era descarregada a produção.

Trabalha mais quando é época de colheita. O escudeiro também teve conhecimento de que a moça tinha um romance com um camponês que também trabalha para o duque.

Certa manhã, o cavalariço cuidava dos cavalos na estrebaria, quando constatou que não havia mais ferraduras, comunicando de imediato ao rigoroso Jacques de Labertoux:

– *Monsieur*, não há mais ferraduras. Precisarei ir à vila comprar mais.

– Eu mesmo irei.

Jacques montou em seu cavalo e partiu para a vila localizada a poucos quilômetros do castelo. Localizou a oficina do ferreiro e fez a encomenda. Nisso, olhou para o outro lado da rua e viu Marie. Atravessou a rua correndo e aproximou-se dela. A jovem ficou surpresa com a presença do rapaz e mais ainda quando ele segurou sua mão direita e a beijou, curvando-se, como o faziam os cavalheiros diante de uma dama. As pessoas que estavam próximas estranharam; afinal, Marie era apenas uma camponesa.

– Estou feliz por que a encontrei mais uma vez.

– Bom dia, *monsieur*.

Nisso surgiu um rapaz alto e magro, que acabara de sair de uma loja próxima e apressou-se em falar com Marie, sem olhar para Jacques:

– Meu bem, já fiz a compra. Vamos embora. Sua mãe nos espera.

O rapaz puxou Marie pelo braço e subiu com ela na boleia de uma rústica carroça. Partiram.

O olhar de Jacques refletiu todo o seu ódio. No percurso para a casa de Marie, o casal conversou sobre a abordagem do nobre.

– Esses nobres pensam que são deuses – disse o namorado de Marie.

– Não dê importância. Ele é apenas um presunçoso.

– Você deve tomar cuidado. Vê-se que ele está interessado em você e com más intenções. Nenhum nobre olha para uma plebeia com respeito. O que ele quer está mais do que claro.

– Não sei. Como eu disse, ele parece ser presunçoso, mas é delicado. Viu como ele beijou minha mão?

– Marie, Marie. Você é ainda muito novinha e ingênua. Ele procedeu daquela forma por que quer conquistá-la.

Os jovens chegaram à cabana onde morava Marie. Xavier, o namorado, contou aos pais da moça que Jacques a abordou na rua. Todos ficaram apreensivos.

138 | Jorge Sincorá dos Santos

– Acho que devemos deixar estas terras. Vamos procurar outro lugar. O jovem duque não vai deixar nossa filha em paz – falou a velha senhora.

– Você tem razão – disse o pai. – Vamos organizar tudo e sair daqui o quanto antes. Nós o avisaremos quando estivermos instalados em outro lugar.

– Meu pai! Talvez esteja sendo precipitado.

– Não, minha filha. Aquele homem não vai deixá-la em paz enquanto não conseguir o que quer.

Após o jantar, Jacques foi para a torre do castelo. Era noite de lua cheia. As estrelas brilhavam, não obstante, toda a beleza da natureza contrastava com a feiura interna de Jacques de Labertoux, cuja mente desequilibrada arquitetava um plano destinado a satisfazer seu instinto.

Naquele momento, teve a nítida impressão de que precisava agir rápido. Chamou o escudeiro Paul Dumont e mandou que vigiasse os passos de Marie.

Poucos dias depois, numa tarde de domingo, Marie e Xavier estavam sentados à sombra de uma frondosa árvore no bosque, quando quatro homens se aproximaram a cavalo. Os jovens rapidamente ficaram em pé. Os homens apearam e caminharam em sua direção. Xavier e Marie tentaram correr, mas foram impedidos.

Enquanto um dos homens agarrou a moça, os outros atacaram o rapaz ferozmente, agredindo-o a pau até que caísse ensanguentado. Enfiaram um capuz na cabeça de Marie, colocaram-na deitada num dos cavalos e partiram céleres. Xavier ficou lá, estendido no chão, rosto na terra, quase morto. Anoiteceu. Na cabana onde morava Marie, seus pais desesperaram-se. Horas depois, dois camponeses trouxeram Xavier ainda desmaiado. Um deles falou:

– Encontramos Xavier perto daqui. Estava caído no chão, cheio de sangue. Parece que foi vítima de salteadores.

– Vocês viram Marie? Ela estava com ele – disse a velha senhora.

– Não vimos sua filha. Havia sinais de luta e rastros de cavalos.

– Ela foi raptada![36] – disse o pai, aos gritos.

Já era noite quando Paul Dumont chegou ao castelo. Trazia Marie com as mãos e pernas amarradas. Jacques mandou que a levassem para o quarto maior do castelo. Como parte de seu plano, dispensara todos os empregados naquela noite. O escudeiro obedeceu.

Ao chegar ao aposento, cortou as cortas que amarravam a moça e apontou-lhe um grande tonel cheio d'água e mandou que se banhasse. Marie, apavorada, olhou para o escudeiro sem esboçar reação. Sabia que poderia ser morta se não obedecesse. Agora compreendia perfeitamente que o homem podia usar o poder para praticar o mal.

Enquanto os pais de Marie a procuravam, Jacques entrou no quarto e a surpreendeu quando saía do tonel. Aproximou-se dela com a cobiça estampada nos olhos.

– Tomou banho... Muito bem. Agora escute, pois não vou repetir. Se não fizer o que quero, matarei seus pais e o seu namorado. Não me desafie. Ninguém se preocupa com o que acontece com pessoas da sua laia.

Marie pensou em seus entes queridos e obedeceu. Aquela foi a pior noite de sua vida e nunca mais a esque-

---

36 O rapto não se confunde com o sequestro, que é o crime de reter alguém ilegalmente para receber resgate em troca da libertação do sequestrado.

ceria. Na manhã seguinte foi largada no bosque. Estava muito machucada. Jacques a violentou e não satisfeito bateu muito nela. Depois de algumas horas, as pessoas que a estavam procurando, finalmente a encontraram.

Os camponeses que encontraram Marie a levaram para seus pais, que choraram emocionados ao vê-la. A mãe a levou para o único quarto da moradia e a banhou com muito carinho. A moça chorava muito; a noite de terror estava gravada na sua mente. Lembrou-se do namorado e perguntou por ele. Sua mãe respondeu, dizendo que estava muito ferido, mas havia esperança.

Depois de ser alimentada, a jovem ficou ao lado de Xavier até que ele recobrasse os sentidos. Os pais do rapaz, cientes do ocorrido, correram para a cabana de Marie e ficaram também ao lado dele.

Certo das consequências de seu ato, Jacques de Labertoux resolveu voltar a Paris e lá permanecer por uns tempos. Deixou o escudeiro Paul Dumont cuidando do castelo e das terras. Ao chegar à casa na capital do reino, o filho do duque inventou uma história para justificar seu retorno.

Xavier recuperou-se das lesões corporais. Quando teve conhecimento da tragédia que se abateu sobre Marie, chorou a seu lado e lhe deu seu apoio. As duas famílias saíram da Normandia sem reclamações, eis que sabiam que jamais o responsável pela infâmia seria punido. Fazendo juras de amor eterno, Xavier pediu a Marie para se casar com ele, depois que foi constatada a gravidez da moça.

Daquele ato infame nasceria um ser inocente que foi criado com muito amor pelo casal. Xavier amou aquela criança até o fim de seus dias na Terra. Foi o pai de coração daquela criaturinha, que cresceu orientada para praticar o bem.

CAPÍTULO XVI

A VOLTA AO CONVENTO

FRANCINE VIVIA DIAS de paz em companhia de madame Justine Fleury e de seu neto Maurice. A senhora era muito religiosa e inspirou a jovem a reencontrar-se com Deus. Muitas vezes reuniam-se à tarde para orar. Naqueles momentos de oração Francine não lamentava o sofrimento, porque em seu íntimo sabia que deveria passar por todas aquelas agruras. Não sabia o que ainda viria e pedia ajuda ao Senhor para fortalecê-la. Madame Fleury sempre lhe dizia que tudo na vida era aprendizado e preparação para um futuro melhor.

A duquesa de Labertoux tinha o carinho de Justine, o amor de Maurice e o respeito e a amizade sincera de Pablo Avelar, que se conformou por não ter seu amor correspondido.

A rotina na casa de Justine fazia bem a Francine, que sempre tinha prazer em ajudar com seu trabalho de governanta, mas os momentos que mais a alegravam, eram aqueles que passava ao lado de Maurice, cuja presença a confortava pela ausência de seu filhinho Pierre, que em seu sentir devia estar crescendo sadio ao lado do tio Antoine.

Pablo Avelar, pelo menos uma vez por semana, ia à casa da senhora Fleury. Sentavam-se na varanda da mansão e tomavam chá. Justine estava sempre presente. Conversavam animadamente. Em outras ocasiões reuniam-se na ampla sala de estar, quando Francine tocava piano e recitava versos de conhecidos poetas espanhóis e franceses.

Se pudessem comunicar-se com o mundo espiritual, veriam que o ambiente de profunda paz, repleto de amor, é um convite sempre aceito à presença dos bons espíritos, que ali comparecem felizes e jorram sobre eles seus benéficos fluidos.

Naqueles momentos, a sala de estar ficava maior e plena de luzes indescritíveis para os olhos daquelas pessoas amigas ali reunidas. Onde há amor e pensamentos positivos, estão presentes os amigos espirituais para auxiliá-los e inspirá-los.

Madame Justine Fleury era uma mulher muito rica, mas sua consciência lhe dizia que a riqueza devia ser usada em proveito próprio e para a caridade, por qualquer de suas formas. Então, procurava ajudar os desvalidos sem ostentação. Muitas vezes era vista recebendo pessoas humildes para apenas consolá-las por seus infortúnios ou para auxiliá-las materialmente.

Em certa ocasião houve uma tempestade que arrasou a região, deixando muitas pessoas pobres desabrigadas. Justine apressou-se em prestar socorro. Providenciou

JULES & FRANCINE – UM AMOR ALÉM DA VIDA | 143

para que muitas pessoas atingidas ocupassem algumas construções existentes em sua propriedade, enquanto providenciava, às suas expensas, a reconstrução das moradias destruídas pela força da natureza. Naquela ocasião, Francine engajou-se nas sublimes tarefas dirigidas por madame Fleury.

A riqueza constitui para o encarnado uma difícil prova a suportar. Deve ele saber dar a correta destinação a todos os bens que lhe chegam às mãos, sendo importante ter sempre em mente que tudo lhe é apenas emprestado por Deus. Ao deixar este lado da vida, deverá prestar contas do emprego da riqueza que lhe foi entregue.[37]

* * *

O instrutor Gedel, da colônia São Sebastião, está fazendo ao espírito Onofre, recém-chegado do umbral, uma narrativa que envolve duas famílias cujos membros viveram no século 17, na França. Um dos personagens dessa história é o duque de Labertoux, homem sem princípios morais e cruel, que se compraz em fazer o mal.

---

37 "Sendo o homem o depositário, o administrador dos bens que Deus lhe pôs nas mãos, contas severas lhe serão pedidas do emprego que lhes haja dado, em virtude de seu livre-arbítrio. O mau uso consiste em os aplicar exclusivamente para sua satisfação pessoal: bom é o uso, ao contrário, todas as vezes que dele resulta um bem qualquer para outrem. O merecimento de cada um está na proporção do sacrifício que se impõe a si mesmo. A beneficência é apenas um modo de empregar-se a riqueza; ela dá alívio à miséria presente; aplaca a fome, preserva do frio e proporciona abrigo ao que não o tem." (O Evangelho segundo o Espiritismo, capítulo XVI, item 8). Remetemos o leitor às questões 711 a 717 de O Livro dos Espíritos.

Todos os espíritos foram criados por Deus, sem que fizesse qualquer distinção entre eles, ou seja, foram criados iguais; entretanto, uns se adiantaram mais que os outros, o que ensejou ao mundo espiritual estabelecer diferentes classes para determinar o grau de adiantamento de cada um.

Na introdução de *O Livro dos Espíritos*, Allan Kardec esclareceu que "os espíritos pertencem a diferentes classes e não são iguais, nem em poder, nem em inteligência, nem em saber, nem em moralidade. Os da primeira ordem são os espíritos superiores, que se distinguem dos outros pela sua perfeição, seus conhecimentos, sua proximidade de Deus, pela pureza de seus sentimentos e por seu amor ao bem: são os anjos ou espíritos puros. Os das outras classes se acham cada vez mais distanciados dessa perfeição, mostrando-se os das categorias inferiores, na sua maioria, eivados das nossas paixões: o ódio, a inveja, o ciúme, o orgulho etc. Comprazem-se no mal. Há também entre os inferiores, os que não são nem muito bons, nem muito maus; antes, perturbadores e enredadores, do que perversos. A malícia e as inconsequências parecem ser o que neles predomina. São os espíritos estúrdios ou levianos."

Deus, que é amor e bondade, protege todos os Seus filhos, sem exceção, e, portanto, quer o progresso de todos, cabendo a cada um, exercendo livremente a vontade, trabalhar para melhorar moralmente e assim progredir. Desse modo, não há como os espíritos ocuparem perpetuamente a mesma categoria.

Como também salientou Kardec: "Todos se melhoram passando pelos diferentes graus da hierarquia espírita. Esta melhora se efetua por meio da encarnação, que é imposta a uns como expiação, a outros como missão. A vida material é uma prova que lhes cumpre sofrer repetidamente, até que hajam atingido a absoluta perfeição."

Como ainda se lê na introdução de *O Livro dos Espíritos*, "as qualidades da alma são as do espírito que está encarnado em nós; assim, o homem de bem é a encarnação de um bom espírito; o homem perverso, a de um espírito impuro."

Há, portanto, muitos caminhos que levam à escuridão, em vez de levarem à luz. Jean de Labertoux é a reencarnação de um espírito que ainda está muito distanciado da perfeição, porque se compraz intensamente na prática do mal. A estrada, que percorre, leva-o cada vez mais para as trevas. Seu filho Jacques o está seguindo nesse caminho.

* * *

Voltemos à história dos Labertoux e dos D'Ercy, bem como das pessoas que a eles se entrelaçam. Francine vinha passando por momentos de serenidade, uma dádiva que lhe foi concedida certamente por seu merecimento. A residência de madame Justine era para ela um oásis no deserto, um porto seguro num mar tempestuoso, como se o mundo espiritual lhe estivesse propiciando essa calmaria, para que pudesse recompor suas energias, para depois prosseguir seu caminho neste planeta de provas e expiações.

Decorreram um ano e alguns meses desde que Francine fugiu do Convento das Ursulinas. A moça sentia que já era hora de partir para a Inglaterra para procurar seu filho. Em seu pensar, o duque de Labertoux parara de procurá-la, fato que facilitaria seu trânsito nas estradas sem ser molestada. Guardou praticamente todo o dinheiro resultante de seu trabalho para madame Justine Fleury. Resolveu, então, conversar com aquela senhora que tanto fez por ela.

Era noite. Justine estava na varanda contemplando o céu estrelado quando Francine se aproximou e sentou a seu lado. Iniciaram um diálogo e, logo que teve oportunidade, a duquesa começou a falar:

– Madame... Acho que chegou a hora de contar-lhe tudo sobre minha vida. Sou Francine de Labertoux, casada que fui com o duque de Labertoux. Quando fui resgatada pelo seu generoso coração, estava fugindo do Convento das Ursulinas, onde meu marido me havia colocado, em clausura, depois de assassinar o homem que sempre amei.

Madame Justine olha com certo espanto para a jovem e de imediato não sabe o que dizer. Francine continuava falando e narrando com detalhes tudo o que lhe acontecera desde que conheceu o conde Jules D'Ercy.

– Sei que eu e Jules erramos muito. Eu, sendo casada, não poderia enamorar-me dele, mas os acontecimentos conspiraram contra nós desde a partida de Jean para a guerra.

– Eu não tenho o direito de julgá-la, minha filha. Tudo o que fazemos por nossa livre vontade tem consequências boas e más. Cada um deve colher tudo o que plantar. O importante agora é que você vá procurar seu filho o quanto antes. Dentro de uma semana partirá de Toulon uma carruagem para Calais. Prepare sua partida e não perca o embarque.

– Eu lhe agradeço muito por tudo o que senhora fez por mim. Se não tivesse me ajudado naquele momento de aflição, não sei como teria sido minha vida. Lamento partir, porque, aprendi a amá-la como sempre amei minha mãe, assim como amo Maurice como se fosse meu filho.

– Não agradeça, minha filha. Tudo o que fiz foi pelo amor que procuro ter por meus semelhantes. E amá-la não foi difícil; ao contrário, foi muito fácil, porque você é uma moça de princípios. Vamos organizar tudo.

Francine e Avelar cavalgavam regularmente pelos campos, quase sempre acompanhados pelo pequeno Maurice montado em seu pônei. Parecia que nada mais havia no mundo, senão paz e amor, esse amor que deve ser vivenciado por todos os irmãos, filhos do mesmo Pai. Para as pessoas que têm Jesus no coração, na natureza só há beleza, o feio não existe. Por essas razões, todos os passeios que faziam eram revigorantes.

No dia que seguiu após a noite em que conversou com madame Fleury, Francine saiu para um passeio a cavalo com Pablo Avelar e com tranquilidade disse que iria partir na próxima carruagem para Calais. Entretanto, nada contou sobre seu casamento com o duque de Labertoux. Limitou-se em dizer que precisava procurar seu filhinho. O rosto de Pablo expressou toda a tristeza que o envolveu naquele instante. Ofereceu-se para acompanhá-la até a Inglaterra, mas ela não aceitou.

– Você tem seus negócios e não pode se afastar. Tão logo esteja instalada em Londres. Manterei contato. Esperarei a visita de todos.

Como se costuma dizer, nada é por acaso. Naquela manhã, Francine e seu amigo Avelar fizeram seu passeio habitual, sem a companhia de Maurice, que acordou adoentado. Cavalgaram cerca de uma hora, quando encontraram um dos empregados do espanhol parado na estrada que levava a Toulon, pelo que interromperam sua marcha.

Avelar apeou e falou:

– Tovar, o que aconteceu?

– O eixo da carroça partiu-se, patrão – respondeu o empregado.

– Preciso que a mensagem da qual você é portador seja entregue em Toulon ainda hoje.

– Por que você mesmo não entrega a mensagem, Pablo? Eu posso acompanhá-lo – disse Francine.

O empregado entregou a mensagem a Avelar. Em seguida, ele e Francine dirigiram-se a cavalo para Toulon e, tão logo chegaram, Pablo procurou o destinatário e fez a entrega, aproveitando a oportunidade para conversar a respeito do assunto, objeto da mensagem, que envolvia um importante negócio de compra e venda de mercadorias. O casal preparava-se para retornar, quando Francine foi vista de longe por Paul Dumont, o escudeiro de Jean de Labertoux.

Ao mesmo tempo em que avistava Francine, Paul Dumont perguntou ao comerciante da loja, em que se encontrava, se ele conhecia Pablo Avelar, apontando para o homem com seu dedo indicador.

A resposta foi imediata.

– Claro que conheço o espanhol! Todos o conhecem na cidade. Vive a algumas horas de viagem daqui, em uma fazenda.

– E a moça que está com ele? Você a conhece?

– A moça? Não... Nunca a vi antes.

Paul procurou informar-se com o comerciante sobre a localização da fazenda, obtendo a informação desejada. Foi orientado com detalhes a respeito do trajeto a fazer. Ato contínuo, montou em seu cavalo e partiu em disparada na direção de Paris.

Era noite. Jean de Labertoux estava em sua mansão em Paris, quando chegou Paul Dumont exultante. Seu rosto estava vermelho e suado, suas vestes desalinhadas. O duque, espantado com a aparência do escudeiro, perguntou:

– O que houve? Por que está tão nervoso?

– Cavalguei quase sem parar durante três dias para trazer-lhe uma grande notícia!

– Fale, homem! De que se trata?

– Eu encontrei a duquesa!

– Não! É muito bom para ser verdade! Conte-me tudo.

– Foi um lance de muita sorte, senhor duque. Ela está em Toulon.

– Quero saber de todos os detalhes. Vamos, homem, conte!

Paul Dumont contou com detalhes ao duque como localizou Francine. Os olhos de Jean brilhavam de satisfação enquanto ouvia o relato do escudeiro. "Depois de tanto tempo a encontrei. Sabia que não poderia ficar escondida eternamente" – pensou.

– E agora, senhor duque, o que vamos fazer? – quis saber o mensageiro.

– Trazer a fujona de volta. Escolha alguns de nossos melhores homens para viajarem conosco. Providencie todas as provisões para a viagem. Quero partir para Toulon depois de amanhã. Você terá um dia inteiro para organizar tudo, não esquecendo do armamento, pois não sabemos o que encontraremos.

– O senhor tem razão. Ela estava em companhia de um homem de cerca de 40 anos. Um espanhol rico que mora nos arredores de Toulon.

Quando Paul Dumont mencionou o nome "Pablo Avelar", o rosto de Jean se contraiu. A expressão era de puro ódio. "É bem provável que a vagabunda esteja morando com esse homem" – pensou.

Jean de Labertoux e seu grupo chegaram a Toulon numa quinta-feira ao anoitecer. Jacques os acompanhava. Esperaram escurecer e cavalgaram para a fazenda de Pablo Avelar, que se preparava para jantar. Desceram de seus cavalos, distantes cerca de 500 metros da casa que servia de residência, para que sua chegada não fosse notada.

Jean orientou os homens para se dirigirem a uma construção semelhante a um galpão, que parecia ser o aposento dos empregados da fazenda. Tudo foi feito em silêncio. Em poucos minutos, os empregados foram aprisionados.

Então, Jean, Jacques e Paul, seguidos por mais dois homens, invadiram a casa. Pablo e mais um serviçal foram surpreendidos na sala de jantar, sem condições de reagir. Em seguida, Jean falou com voz ríspida:

– Onde está a duquesa Francine?

– Duquesa? – disse Pablo, surpreso.

– Sim, aquela moça que estava com você em Toulon há alguns dias.

Pablo Avelar não poderia imaginar que a governanta de madame Justine era uma duquesa, embora sua fina educação pudesse conduzir a uma conclusão dessa natureza. "Duquesa? Uma governanta não poderia ser uma duquesa", pensou.

– Você não respondeu à minha pergunta – continuou Jean.

– Eu não sei. Torno a dizer que não conheço nenhuma duquesa – afirmou Pablo.

– Acho que teremos que refrescar a sua memória. Paul, amarre esse homem – ordenou Jean.

Cumprindo a ordem do patrão, Jean arrancou as cordas de uma cortina e amarrou o espanhol em uma cadeira de espaldar alto. Mais uma vez Jean falou:

– Não vamos perder tempo com você. Vai dizer onde encontraremos Francine, por bem ou por mal.

– Quem é o senhor? O que quer com Francine?

– Meu nome não importa. Você acabou de confessar que conhece a duquesa, pois falou o seu nome.

Pablo percebeu o engano, mas manteve-se firme, em total silêncio quanto à localização da mulher que amava. A partir daquele instante o duque passou a demonstrar que conhecia todas as técnicas de tortura, algumas adicionadas a seu repertório na guerra com a Áustria.

No início do suplício, Pablo resistiu à dor. Nada revelaria sobre o paradeiro da duquesa. Era indispensável que suportasse com firmeza toda a tortura. A dor era tão intensa que o espanhol perdia os sentidos, mas o duque o reanimava para poder prosseguir com a violência.

Depois de cerca de duas horas, Avelar perdeu a resistência e disse onde morava madame Justine. Apesar de tudo, sentia-se consolado, pois enquanto estava sendo torturado, Francine se afastava de Toulon. O fato é que a jovem partira naquele mesmo dia pela manhã. Pablo, madame Justine e Maurice estavam com ela no momento em que embarcara na carruagem.

Jean de Labertoux deixou Pablo Avelar amarrado e tratou de dirigir-se à mansão da senhora Justine. Como sempre fazia à noite, ela estava sentada em uma cadeira de balanço na varanda. Ao chegar, Jean desceu do cavalo e perguntou pelo paradeiro de Francine. A velha senhora ficou em silêncio.

Nisso, Jacques entrou na casa, viu Maurice e o agarrou, levando-o até o pai. O menino esperneou inutilmente.

– Meu pai, veja quem encontrei lá dentro.

– Quem é esse menino? – perguntou Jean a madame Fleury.

– É meu neto. O que querem em minha propriedade?

– Estamos procurando uma fujona que estava escondida aqui – respondeu Jean.

– Eu não posso ajudá-los. Não há ninguém aqui.

– Madame, não me faça perder a paciência. O espanhol abriu o bico depois que tivemos uma longa conversa. Sabemos que a duquesa Francine está sob sua proteção.

Alguns empregados de madame Justine aproximaram-se, mas foram afastados por ela, com receio de que machucassem seu neto. Insatisfeito com as negativas de madame Fleury, o duque a constrangeu usando Maurice:

– Madame, estou perdendo um tempo precioso. Se não me der a informação que quero obter, vou machucar seu neto seriamente. Eu não tenho escrúpulos. Se precisar matar a criança, eu mato.

Madame Fleury constatou que o duque era homem capaz de fazer qualquer coisa para atingir seu objetivo. Lamentando-se intimamente, contou que Francine embarcara em uma carruagem pela manhã em direção a Calais.

– Viu como foi fácil, madame, responder à minha pergunta? – disse Jean, triunfante. Em seguida mandou os homens montarem em seus cavalos.

– Vamos atrás da carruagem. Madame, vou avisá-la apenas uma vez. Para seu bem e de seu neto, esqueça que estivemos aqui.

Enquanto Jean deixava a mansão de Justine Fleury, Francine, sem saber que o duque a localizara, fazia planos para encontrar seu filho. A carruagem seguia viagem pela estrada de cascalhos que levava a Calais. Durante seu reinado, o rei Luís XIV fez muitas melhorias e uma delas consistiu na construção de estradas pelo reino para melhorar a comunicação.

Notava-se a ansiedade da duquesa. Se pudesse, pediria ao cocheiro para fustigar mais os quatro cavalos atrelados à carruagem. Contudo, aconteceu o contrário, pois o cocheiro interrompeu a viagem ao chegar a uma estalagem. Disse aos passageiros:

– Vamos parar aqui. Os cavalos precisam descansar e ser alimentados. Ademais, é muito perigoso viajar à noite. Temos que evitar os salteadores.

Os passageiros foram conduzidos ao interior da estalagem. Jantaram e em seguida o estalajadeiro indicou-lhes os quartos onde deveriam dormir.

Francine entrou naquele que lhe foi destinado. Era um cômodo bem pequeno, com uma cama, uma mesinha na qual havia uma jarra vazia e um armário. O lugar cheirava mal. A filha do estalajadeiro desculpou-se pelas péssimas instalações da estalagem, dizendo que os pais não tinham dinheiro para melhorá-las, mas Francine disse-lhe que estava tudo bem.

O que queria mesmo era chegar logo a Calais e embarcar num navio com destino a Dover, na Inglaterra. Tão logo desembarcasse do navio no porto de destino, procuraria um transporte para Londres. Jules lhe dissera que a propriedade da família ficava em Kensington, nos arredores da cidade.

Francine deitou-se, mas não conseguiu dormir. A seu lado estava Jules, que procurava animá-la. Porém, ela não o ouvia.

Enquanto Francine pernoitava numa estalagem à margem da estrada, um dos empregados de Pablo conseguiu livrar-se das cordas que o amarravam e correu para a casa do patrão, encontrando-o muito ferido e desfalecido. Chamou outro serviçal e levaram-no para um quarto, onde tentaram limpar seus ferimentos, banhando-os com água fria.

Uma hora depois, o espanhol acordou. Sentia muitas dores. Os dedos de sua mão direita haviam sido esmagados. Logo depois chegou Justine Fleury, acompanhada pelo médico que morava na vila próxima. A velha senhora falou:

– Eu sabia que alguma coisa havia acontecido, quando aquele homem disse que havia obtido informações por seu intermédio. Sei que *monsieur* não falaria, a não ser que fosse torturado.

– Felizmente Francine já tinha viajado. Mais algumas horas e eles a encontrariam. Vamos rezar para eles não a encontrarem – disse Pablo, com dificuldade. – A senhora sabia que ela é uma duquesa?

– Soube há poucos dias. Ela contou-me sua história. Apaixonou-se por outro homem e o marido não a perdoou. O rapaz foi morto, e ela, trancada num convento por tempo indeterminado. Um dia ela conseguiu fugir e eu a socorri. Trouxe-a para trabalhar em minha casa – contou Justine.

– Estou me sentindo culpado. Com certeza ela foi vista quando fomos a Toulon. Se não a tivesse levado comigo, nada disso teria acontecido – lamentou-se Pablo.

– Não se culpe. Nada acontece por acaso. Ela tinha que ir a Toulon e ser vista. Era o seu destino – arrematou a senhora.

– Eu não acredito em destino, mas sim em sorte e em azar. Ela não teve sorte. Não vou sossegar enquanto não souber que ela chegou bem – falou Pablo com amargura.

– *Monsieur* precisa descansar. Ela ainda está viajando – ponderou Justine.

– Eu sei. Tão logo me recupere, irei a Londres. Preciso encontrá-la – ajuntou Pablo.

* * *

Amanhecia quando a porta do quarto onde estava Francine foi arrombada pelos homens do duque. Instantes depois, estavam um diante do outro. Francine olhou para o marido com expressão de pavor. O espírito Jules agarrou-se a ela como se pudesse protegê-la. A moça sentiu frio. Jean cortou o silêncio:

– Pensou que estava livre de mim?

– Deixe-me em paz – respondeu Francine com firmeza.

– Nunca a deixarei em paz. Você é minha mulher para sempre. Tenho todos os direitos sobre você – falou o duque.

Sob os olhares do estalajadeiro e das demais pessoas que ali estavam, o duque mandou um de seus homens apear para dar lugar a Francine, no que foi de pronto obedecido. Partiram. Seu destino: o Convento das Ursulinas, onde chegaram após alguns dias de viagem.

Segurando firme Francine por um dos braços e quase a arrastando, dirigiu-se à sala que servia de gabinete para madre Marie. A madre ficou surpresa ao vê-los e cheia de mesuras dirigiu-se ao duque:

– Vossa graça conseguiu encontrá-la! Que bom!

– Escute bem, velha! Vou deixá-la sob sua guarda mais uma vez. Se ela fugir de novo, não aceitarei desculpas. Vai pagar com a vida – avisou Jean.

– Vou precisar de dinheiro para mantê-la – disse madre Marie.

– Não tem vergonha na cara, madre? Como ousa pedir-me dinheiro? Considere-se feliz por estar ainda com vida. Vou continuar visitando a duquesa. Ela vai ficar aqui para sempre.

Jean de Labertoux foi embora e Francine levada para uma cela bem próxima da sala de madre Marie. Alguns dias após seu retorno, Francine não viu a noviça Françoise. Quando teve oportunidade, procurou ter notícias de seu paradeiro através de outra noviça.

– Ela foi retirada daqui pelo pai – informou a noviça.

– Então eles resolveram levá-la para casa. Que bom! – exclamou Francine.

– Não foi bem assim. Os pais arrumaram um casamento para ela com um nobre. Vai ser um acontecimento em Paris.

– Era o que ela temia – disse Francine. – Sabe quem é o noivo?

– O filho do duque de Labertoux.

Ao ouvir o nome Labertoux, Francine gelou. "Que infelicidade" – pensou. "Pelo que pude perceber, o filho não é diferente do pai em termos de desonestidade e crueldade. Todos têm seus resgates. Não foi por acaso que Françoise teve seu destino ligado ao de Jacques de Labertoux."

Francine conformou-se depois de concluir que iria viver para sempre enclausurada no Convento das Ursulinas. Sabia que doravante seria muito vigiada pelas freiras, de modo que as chances de nova fuga praticamente não existiam. Madre Marie temia o duque e sabia que ele a mataria se houvesse outra fuga.

"Se eu tenho que passar por tudo isso em minha vida, paciência..." – pensou a duquesa. O que mais a angustiava era ter que suportar a presença do duque e a violência sexual a que era submetida. E esse fato também afligia Jules.

De um modo geral, o espírito ao reencarnar sabe que terá resgates a fazer, pois a reencarnação é justamente o meio que Deus propicia a Seus filhos para adiantar-se. Muitas vezes uma pessoa lamenta-se por sofrimentos e perdas e não se conforma. Fica tão frustrada que nega a existência do Criador. Diz que se houvesse um ente supremo, não a deixaria sofrer tanto. A falta de conhecimento espiritual não lhe permite compreender e aceitar.

Como, ao reencarnar, o espírito é envolvido pelo véu do esquecimento, não lembra que ele mesmo fez o planejamento das provas e/ou das expiações que surgiriam diante de si no curso de sua vida no orbe terrestre. Vale esclarecer que nos casos de reencarnação compulsória, o planejamento é feito pelo mundo espiritual.

Assim, o sofrimento de Francine não surgiu do nada. A lei do retorno está em vigor sempre. Ela permite que haja o equilíbrio necessário para que os espíritos possam reparar os erros cometidos no passado. Se Jean causa-lhe dor e sofrimento, certamente em outras oportunidades ela pode ter causado mal a ele. Francine, Jules e Jean são partes de um triângulo formado há muito tempo e ainda não resolveram as pendências originadas em outras vidas.

Está expresso em *O Evangelho segundo o Espiritismo*:

> "Já vos temos dito e repetido inúmeras vezes que estais nessa Terra de expiação para concluir-des as vossas provas e que tudo que vos sucede é consequência das vossas existências anteriores; são os juros da dívida que tendes de pagar. Esse pensamento, porém, provoca em certas pessoas reflexões que devem ser combatidas, devido aos funestos efeitos que poderiam determinar."
> (Bernardino, espírito protetor – Bordeaux, 1863, Cap. V, item 27.)

Os pais de Françoise e Jean de Labertoux ajustaram o casamento dela com Jacques, fato que acabou com a esperança da jovem de um dia viver com o homem que amava e que nunca mais viu depois que ele se alistou no exército.

Estaria ele ainda vivo?

Como é triste perder o amor de uma vida. Nesta reencarnação, Françoise sabe que seu futuro agora estará preso ao de Jacques de Labertoux. São muitas vidas e muitos amores. Aqueles que são espíritos afins, sabem que a separação nunca é definitiva.

Jules lembrou-se do dia em que conseguiu comunicar-se pelo pensamento com Francine. Desde aquele dia aprendeu que os espíritos podem influir nos pensamentos e nos atos dos encarnados e assim poderia lançar ou sugerir pensamentos ao duque.

Era um domingo chuvoso. Jean de Labertoux chegou ao Convento das Ursulinas em uma carruagem. A chuva e o tempo sombrio o incomodavam. Foi à sala de madre Marie e pediu a chave da cela onde Francine estava enclausurada.

De posse da chave, dirigiu-se para a cela. Abriu a porta, entrou e olhou para Francine com avidez. Nisso, seus pensamentos foram um só:

– Eu não vou conseguir, eu não vou conseguir.

Apesar do esforço mental que fazia, seu pensamento misturava-se com os de Jules, que estava bem a seu lado com suas emanações. O tempo foi passando e, deitado na cama com Francine, o duque foi perdendo o controle. Depois de muitas tentativas, desistiu. Levantou-se, vestiu-se e saiu vociferando:

– Não é possível! Não é possível!

Jean sentia uma forte dor de cabeça e uma estranha fraqueza. Durante o tempo em que esteve com Francine, Jules sugou sua energia.

Francine sentiu um grande alívio. Pela primeira vez o duque não conseguiu possuí-la. Por seu turno, Jules estava exultante. Com a força de seu pensamento impediu que o duque violentasse mais uma vez a sua amada.

Francine chorou, chorou muito, mas essas lágrimas não eram de tristeza, mas de uma imensa felicidade. Deitou-se e mais uma vez pensou em Jules. Como gostaria que ele estivesse a seu lado para protegê-la e ardentemente dirigiu seu pensamento naquele sentido.

Enquanto manifestava mentalmente esse desejo, lembrava-se dos tempos felizes. Não sabia que o amado estava ali a seu lado acariciando-a. Dormiu e sonhou que ela e Jules estavam juntos num lugar belíssimo onde havia cachoeiras e muitos jardins. Na verdade seu sonho foi um desdobramento, ou seja, deixou o corpo físico ao qual ficou ligada apenas por meio do fio de prata ou cordão fluídico e foi ao encontro do amado. Seu desdobramento foi consciente e assim lembrou-se de todo o sonho ao despertar na manhã seguinte plena de felicidade.

"Foi um sonho tão real" – pensou.

Como já explicado anteriormente, Jules tornou-se íncubus de Francine, e ela, agora, procurando o amado no astral durante o sono, estava ensejando uma obsessão recíproca.

Jean de Labertoux voltou ao Convento das Ursulinas, mais uma, duas, várias vezes e em todas não conseguiu manter relações sexuais com Francine, pois, a cada uma de suas investidas, Jules atuava firmemente com seu pensamento impedindo que o rival conseguisse.

Os obsessores de Jean, percebendo a atuação de Jules, uniram forças no mesmo sentido, fortalecendo a ideia de impotência sexual na sua vítima sempre que buscasse essa fonte de prazer.

Preocupado, Jean procurou conselho médico, mas naquela época não havia recursos para tratamento desse tipo de disfunção. Jean nunca mais violentou Francine e, vendo que não conseguia seu objetivo, deixou de ir ao convento. A duquesa somente voltaria a vê-lo muitos anos depois.

* * *

Depois de sua recuperação física, Pablo Avelar foi a Londres em busca de Francine. Com base nas informações prestadas por Justine, dirigiu-se a Kensington. Francine dera a madame Fleury o nome de Antoine e, com base nesses dados, tentou localizar a propriedade dos D'Ercy.

A tarefa não era fácil, uma vez que Kensington era um bairro bem extenso, com muitas moradias. Entretanto, depois de muito perguntar, encontrou a residência dos D'Ercy, sendo então atendido por uma empregada da família, uma senhora já muito idosa.

Ansioso, Pablo perguntou por Francine, mas a anciã disse que não a conhecia. Veio-lhe à mente o nome de Antoine. E então obteve resposta:

– O meu patrão viajou com a família e só retorna dentro de algumas semanas.

– Não há uma moça francesa hospedada nesta casa? Não teria ela viajado com a família?

162 | Jorge Sincorá dos Santos

– Não, senhor. *Monsieur* Antoine viajou somente com *lady* Anne e os filhos. Há muito tempo não há hóspedes nesta casa.

– Ninguém mais está aqui? Algum amigo ou parente?

– Há também os padrinhos de Pierre, mas eles também viajaram com o patrão.

– Posso deixar um bilhete?

– Pode... Queira entrar, por favor.

Pablo entrou e escreveu uma carta para Antoine, na qual falou do drama de Francine e contou que, se ela não chegou a Londres, provavelmente estaria aprisionada em um convento. Deixou seu nome e endereço, bem como o de madame Justine Fleury. Desapontado, despediu-se da anciã e foi embora.

Depois que Pablo partiu, a velha empregada colocou a carta na gaveta de uma escrivaninha e a fechou, não percebendo que o papel escorregou para o fundo do móvel.

Pablo voltou para a França e fez um completo relato a Justine.

– Agora só nos resta esperar – disse Justine. – Temo que Francine não tenha chegado à Inglaterra. Tenho esperança de que ao lerem a carta, venham procurar por ela.

– No momento é o máximo que podemos fazer. O duque de Labertoux é um homem muito poderoso. Não podemos desafiá-lo – completou Pablo.

Passaram-se os dias e a empregada esqueceu da visita de Pablo Avelar. Antoine e a família retornaram da viagem, sendo certo que não receberam a carta. Algumas semanas depois a anciã contraiu pneumonia e desencarnou.

CAPÍTULO XVII

A MEDIUNIDADE
DE SOPHIE

A PEQUENA SOPHIE era uma alegria para a família D'Ercy. A todos divertia com suas brincadeiras e, quando era surpreendida em uma de suas travessuras, desconcertava a todos com suas mesuras, para que não fosse repreendida.

Anne e Antoine criavam-na com muito amor, mas não deixavam de estabelecer limites para nortearem sua educação. O mesmo sempre fizeram com Pierre, que estava crescendo com saúde e muita disposição para aprender.

Sophie era uma menina igual às outras de sua idade; todavia, desde cedo mantinha comunicação com os espíritos. Quando estava com 3 anos, viu em seu quarto uma senhora de cabelos longos e claros, trajando um belo vestido branco.

No primeiro momento em que se deparara com aquela mulher de rosto sereno, assustou-se, mas em seguida se desarmou com o sorriso franco que lhe foi dirigido. A senhora em questão apresentou-se a Sophie como sua madrinha. A menininha ficava deslumbrada com a luz branca que envolvia a dama que a visitava. O espírito Cecília visitava Sophie com certa frequência. Conversavam sobre assuntos ligados aos interesses infantis da menina.

Certa manhã, Anne ouviu a voz de Sophie e resolveu entrar no quarto. A menina estava sentadinha na cama e fazia gestos e dava boas risadas. Anne perguntou-lhe com quem falava e ela respondeu:

– Estou brincando com a minha madrinha Cecília, mamãe.

– Onde ela está, filhinha?

– Está bem na minha frente.

Anne nada viu e achou que Sophie estava brincando com uma amiguinha imaginária. Então, disse:

– Filhinha, agora você pede licença à sua amiguinha, pois está na hora de fazer o seu desjejum.

– Agora vou ter que ir lá embaixo – disse a menina, dirigindo-se ao espírito. Em seguida, levantou-se sorrindo e saiu do quarto com Anne.

À luz do espiritismo, sabe-se que a existência, a sobrevivência e a individualidade da alma é uma realidade, de modo que, após a morte do corpo físico, o espírito retorna à sua pátria espiritual. Em *O Livro dos Médiuns*, os encarnados têm a orientação necessária para que compreendam essa realidade. Depois que deixa o corpo físico, o espírito continua tendo consciência de si mesmo e é capaz, portanto, de sentir alegria, tristeza e de sofrer.

As pessoas que não têm o conhecimento, ignoram que a vida continua no outro plano e que todos os seus problemas seguem com elas. Se os suicidas percebessem isso, talvez não praticassem esse ato lamentável e que representa um retrocesso à sua escalada evolutiva.

Os espíritos podem comunicar-se com os homens deste mundo, isto é, com os encarnados, eis que na verdade ambos são espíritos. Entre eles há apenas a circunstância de que um tem o corpo físico e o corpo fluídico; o desencarnado, conserva apenas o corpo fluídico.

Os espíritos podem ter características diversas, de acordo com o grau de inteligência e de moralidade que possuam, podendo ser grosseiras, frívolas, sérias e instrutivas.

No capítulo XIV de *O Livro dos Médiuns*, Allan Kardec explica que "todo aquele que sente, num grau qualquer, a influência dos espíritos é, por esse fato, médium. Essa faculdade é inerente ao homem; não constitui, portanto, um privilégio exclusivo. Por isso mesmo, raras são as pessoas que dela não possuam alguns rudimentos. Pode-se, pois, dizer-se que todos são, mais ou menos, médiuns. Todavia, usualmente, assim só se qualificam aqueles em quem a faculdade mediúnica se mostra bem caracterizada e se traduz por efeitos patentes, de certa intensidade, o que então depende de uma organização mais ou menos sensitiva. É de notar-se, além disso, que essa faculdade não se revela, da mesma maneira, em todos. Geralmente, os médiuns têm essa aptidão especial para os fenômenos desta, ou daquela ordem, donde resulta que formam tantas variedades, quantas são as manifestações. As principais são: a dos médiuns de efeitos físicos; a dos médiuns sensitivos, ou impressionáveis; a dos audientes; a dos videntes; a dos sonambúlicos; a dos curadores; a dos pneumatógrafos; a dos escreventes, ou psicógrafos." Cada uma das variedades aqui mencionadas podem ser estudadas no capítulo XIV de *O Livro dos Médiuns*.

A mediunidade é uma faculdade natural e, portanto, não tem vinculação com as religiões, podendo assim manifestar-se não somente nos espíritas. Uma vez que é natural, surge de forma espontânea, mas pode também ser desenvolvida ou exercitada.

A manifestação da mediunidade não tem por pressuposto a idade do encarnado, podendo ocorrer em qualquer época da vida terrena, sendo que, em Sophie, surgiu ainda na sua infância. A menina ouvia a voz dos espíritos, assim como podia vê-los, de modo que ela era audiente e vidente.

Cecília apresentou-se a Sophie como sendo sua madrinha, mas de fato era sua protetora espiritual.

Todos os encarnados, médiuns desenvolvidos ou não, têm um protetor espiritual, cuja missão é proteger e inspirar. Aqueles que não têm vidência, ainda que não o vejam, podem em muitas oportunidades sentir a sua presença e receber suas intuições.

Cumpre observar que a proteção que é dada pelo protetor ou guia espiritual não é irrestrita, porque, se o comportamento do protegido consistir na prática de atos contrários à lei moral do Senhor, o protetor espiritual se afasta até que ele volte ao caminho do bem.

Abrimos aqui um parêntese para dizer que os grupos integrantes de casas espíritas têm mentores espirituais, fazendo-se presentes nas sessões mediúnicas. Em muitas oportunidades, espíritos ainda voltados para o mal, ou aqueles que são levianos, apresentam-se falsamente diante desses grupos com a roupagem de conhecido espírito.

Assim, é preciso muito cuidado por parte dos médiuns para que não sejam enganados. Esclareça-se, igualmente, que mentor espiritual de casa ou centro espírita, não se confunde com o guia espiritual de cada encarnado.

Consideramos necessárias as breves considerações aqui feitas sobre mediunidade, uma vez que Sophie exercerá papel relevante no caminho de Jules e de Francine.

Sophie era realmente uma menina especial, tendo em vista suas percepções e sensibilidade. Em Kensington, bairro de Londres, havia um extenso e belíssimo parque com um lago muito límpido, muitas árvores e jardins.

Lucienne sempre levava Sophie e Pierre para brincarem no parque de Kensington. Em certa ocasião, a moça percebeu que Sophie estava agachada no jardim, numa ala em que havia girassóis; a menina falava quase murmurando, fato que chamou a sua atenção. Aproximou-se e perguntou:

– Você está falando sozinha?

– Não está vendo, Lucienne? O homenzinho que está no meio das flores disse que é um gnomo e sua tarefa é proteger a natureza, para que não lhe façam mal. Por isso fica junto dos jardins e de todas as plantas. Existem muitos deles nos vales e nas florestas.

Lucienne sorriu para a menina, como se estivesse concordando, ao mesmo em que pensou:

– As crianças têm muita imaginação. Como é bonita a inocência!

* * *

O tempo passou, Sophie cresceu. Estava com 17 anos de idade e sua faculdade mediúnica aprimorando-se gradativamente. Suas visões já não eram constantes, mas ela sentia que sua protetora espiritual não se afastava.

Depois que completou 10 anos, Sophie percebeu que espíritos se aproximavam dela para pedir algum tipo de ajuda. A princípio assustava-se, mas depois compreendeu que eles não podiam, nem queriam fazer-lhe mal; apenas aproveitavam-se de sua mediunidade para buscar auxílio. E, em algumas oportunidades comentava com os pais, que ficavam apreensivos com o que chamavam de alucinações.

A menina então percebeu que não devia continuar a fazer comentários com as pessoas sobre as manifestações mediúnicas que nem ela mesma compreendia. Sabia que via e ouvia os espíritos, fato que a fez compreender, apesar de sua pouca idade, que havia algo mais além da vida na Terra.

Sophie e Pierre tinham uma afinidade muito grande; sentiam-se imensamente felizes quando estavam juntos. Pierre desde pequenino tratou-a com muito carinho e tudo fazia para lhe agradar durante as brincadeiras. Ela confiava muito nele e assim passou a ser a única pessoa para quem falava a respeito de suas experiências e ligações com o mundo espiritual. Pierre a ouvia, no princípio com curiosidade; depois, com interesse.

Certa vez, quando já estava com 17 anos, e Pierre, com 20, foi procurada pelo espírito de um mascate que morrera em um acidente. Ele estava desesperado; sua aparência era péssima e mesmo assustadora. Percebendo sua aflição, a jovem perguntou-lhe:

– Por que está nervoso? Acho que não lhe faz bem.

– Eu sempre fui uma pessoa que não dava satisfação de meus atos à minha mulher e a meus filhos. Guardava as economias acumuladas durante anos de trabalho para eventuais necessidades. Ninguém sabia que as tinha. Depois que deixei esta vida, fiquei perambulando por aí, sem entender nada. Passava a maior parte do tempo dentro de casa; entretanto, ninguém falava comigo, pois não era visto. Depois, algumas pessoas iguais a mim aproximaram-se e tentaram levar-me para o lugar onde, segundo elas, eu deveria estar, mas eu sempre recusei, porque não posso ir para lugar nenhum senão avisar à minha mulher que há dinheiro guardado no fundo falso do armário de nosso quarto... Mas como fazer isso se ela não me vê, nem me ouve? Eis a razão de minha aflição. Você sabe que estou aqui, você me ouve. Por favor, ajude-me. Posso mostrar onde minha família mora. O dinheiro guardado vai ser de grande valia para minha mulher e meus filhos.

Sophie ouviu serenamente a narrativa do mascate e falou com Pierre, que achou tudo aquilo um absurdo; contudo, concordou em acompanhá-la até o lugar onde aquela família morava, nos arredores de Londres. E assim fizeram.

Dias depois da comunicação do mascate, Sophie e Pierre estavam batendo à porta da modesta residência. Foram atendidos por uma senhora de cerca de 50 anos. Sophie falou-lhe do marido e do dinheiro guardado no fundo falso do armário de um dos cômodos da casa. A mulher primeiro riu e depois ficou indignada e falou:

– Que abuso! Como ousam brincar com os sentimentos dos outros? Não têm o que fazer? Por suas vestes percebe-se que são aristocratas. Seu passatempo agora é fazer pilhéria com os humildes?

– Não senhora – respondeu Sophie. – Não nos pergunte como sabemos, mas tenho certeza de que seu marido deixou dinheiro e que está escondido no fundo falso do armário de seu quarto. Por favor, não custa nada olhar. Garanto que a senhora não vai se arrepender.

– Bem, não custa tentar. Mas se estiverem brincando comigo...

A mulher do mascate mandou-os entrar e levou-os até o quarto. Pediu a Pierre que tentasse achar o fundo falso. Não foi difícil. Retiraram a madeira da base do armário e lá estava um saco de pano amarrado com uma tira do mesmo tecido. A senhora abriu o saco e deu um grito de espanto. Todas as economias do mascate ali estavam. Pierre e Sophie aproveitaram-se do entusiasmo da mulher diante do dinheiro e saíram dali sem que ela notasse. Já na rua, Sophie viu o espírito do mascate, que sorria, feliz, ao lado de dois desencarnados vestindo túnicas de cor cinza verde muito clara. Eram mensageiros que ali estavam para encaminhá-lo a um posto de socorro no mundo espiritual.

Sophie chorou diante daquela cena e agradeceu a Jesus pela oportunidade de ajudar um semelhante. Certamente o mundo espiritual permitiu a comunicação do mascate com ela, pois sua intenção era ajudar aquela família. Sophie, com sua mediunidade, foi o instrumento.

Durante a vida terrena, aquele espírito procurou ter uma conduta exemplar. Era anglicano e cumpria todos os preceitos de sua religião. Bom marido e pai, trabalhava muito e, do pouco dinheiro que economizava, sempre tirava algum para dar a pessoas em situação precária, e fazia-o sem humilhar aqueles que recebiam.

CAPÍTULO XVIII

O JOVEM PIERRE

PIERRE ESTAVA COM 20 anos de idade. Como todo jovem, divertia-se bastante, mas não se descuidava dos estudos. Gostava de Astrologia e procurava dedicar-se a essa ciência. Mas sua paixão era a Literatura e, por isso, escrevia muito. Tinha algumas peças teatrais prontas e esperava encená-las um dia.

Sophie o incentivava muito. Às vezes dizia que gostava tanto de seu irmão, que doía. Uma jovem aristocrata de nome Natália era apaixonada por Pierre e procurava sempre estar ao lado dele. De origem francesa, sua família aproximou-se naturalmente dos D'Ercy e eram muito amigos, fato que facilitava a circulação de Natália pela residência do jovem.

Linda e muito atraente, a jovem era olhada com interesse pelos rapazes, mas seus lindos olhos azuis eram voltados exclusivamente para Pierre. Sophie, também era muito bonita, mas reconhecia que Natália era muito mais. Todavia não é por isso que não simpatizava com ela. Embora sem entender, tinha ciúme de Natália; afinal, Pierre era seu irmão – pensava – e assim não havia razão para aquele sentimento, mas não gostava quando ele dava atenção àquela jovem.

O jovem D'Ercy era moreno, alto, cabelos castanhos. Lembrava muito seu pai. Sabia que as mulheres o admiravam e ficava envaidecido. Aos 17 anos teve seu primeiro romance. A moça, uma suíça, era mais velha, mas ainda assim sentiu-se atraída por ele. Namoraram durante um tempo, até que ela retornou a seu país. Pediu que ele a seguisse, mas Antoine e Anne não permitiram.

Pierre era de índole pacífica como seu pai, mas Antoine não se descuidou quanto à sua educação também nas artes marciais, mais precisamente no uso da pistola e da espada. Assim, logo após completar 16 anos, foi iniciado seu treinamento na academia de esgrima de Antoine, já reconhecido na Inglaterra como um dos maiores mestres naquela arte. Ensinou-lhe tudo o que sabia e ficou entusiasmado com a habilidade inata do sobrinho, que criava como se filho fosse. Nas primeiras aulas, Antoine conversou muito sobre as armas e sobre o seu uso consciente, apenas para defesa:

– Meu filho, a espada é tida como a mais completa arma branca, devido a sua superfície de toque abranger todo o corpo. Ela é usada por civis para autodefesa e para duelos. Suas lâminas têm fio, de modo que cortam em golpes dados de lado, mas o princípio básico do ataque é usar a ponta para ferir o adversário. Pegue a espada que está fixada naquela base da parede esquerda.

O jovem, curioso com o que lhe estava sendo dito por Antoine, pegou a espada e entregou-a. Antoine continuou com suas explicações:

– Você deve conhecer bem as armas que poderá um dia vir a usar. Esta espada é uma rapieira pesada; serve para defesa pessoal, sem o uso de escudo pesado ou armadura. Pegue aquela outra.

– Esta? – perguntou Pierre.

– Sim. É uma rapieira leve. Pesa apenas um quilo. Ela é usada há algum tempo, é mais leve e estreita e também menos resistente, porém é mais adequada para manobras ágeis de esgrima. Veja o comprimento dela: 1,10m. Agora quero apresentar-lhe uma arma que está ganhando muitos adeptos. Ela surgiu na França há pouco tempo. A vantagem que ela tem é ser mais leve que a espada e por consequência, mais rápida.

– Pai, por que há duelos? – perguntou Pierre.

– Os homens usam os duelos como meio de solução para suas disputas ou pendências, ou seja, usam a violência para pôr fim aos litígios, sejam quais forem suas origens. Na verdade, a luta de espada existe como esporte desde o antigo Egito e desde então vem sendo praticada de várias maneiras e por diferentes culturas. Partir da prática do esporte para o duelo não demorou muito, mas tudo, por pior que seja, traz ensinamentos. Por exemplo, a esgrima surgiu por força dos duelos realizados no século passado, sem as pesadas armaduras dos cavaleiros medievais. A esgrima, portanto, é um esporte e vai ultrapassar o tempo dos duelos. Acho que um dia o duelo será proibido, mas a esgrima vai permanecer como um esporte nobre. E digo mais: sinto que um dia todos dirão que a escola francesa será a base da maioria das teorias modernas da esgrima.

E, assim, Pierre tornou-se um dos melhores alunos de Antoine. Sophie, sempre presente, participava das aulas de esgrima, apesar das reprimendas de Anne, que preferia vê-la ocupada exclusivamente com as prendas do lar, mas era inútil. Sophie era uma menina educada e graciosa e, apesar de gostar das brincadeiras de Pierre, aprendia tudo o que Anne lhe ensinava e que devia ser do conhecimento de uma dama. E por isso sua mãe, embora a repreendesse, no fundo não se importava muito quando ela ia para a academia de Antoine. Com sua formosura, distraía a atenção dos alunos e nesses momentos, com um sorriso disfarçado, o mestre falava com mais autoridade:

– Atenção! Vamos falar sobre a guarda; que ninguém se distraia! A guarda é uma posição básica que dá condições de serem executadas todas as outras ações – explicou Antoine. – Primeira posição, atenção! Calcanhares unidos e braços em linha. Pés em ângulo reto, calcanhares unidos e o pé armado para o adversário; o quadril e os ombros no mesmo plano do pé adiantado, braços estendidos e palmas da mão em posição de supino.

Sophie fazia todos os movimentos acompanhando os alunos. Finalmente, depois de concluir que ela não desistiria, Antoine resolveu deixá-la integrar a classe. Muitas vezes ela e Pierre, depois que as aulas terminavam, ficavam praticando, e nessas oportunidades brincavam de duelo. O fato é que o jovem esforçava-se muito para vencê-la. Naqueles tempos uma mulher nem chegava perto dos esportes considerados masculinos, mas, graças à atenção que Antoine lhe dava, ela teve acesso à esgrima.

No fundo Antoine vibrava com sua destreza e elegância no manejo do florete, que, por ser uma arma mais leve, dava-lhe condições de melhor usá-lo.

O jovem Pierre já podia ser considerado um bom espadachim, mas, como o pai, não gostava de usar armas. Certo dia, passeava com Natália e Sophie próximo à Torre de Londres, quando se aproximaram dois aristocratas ingleses, que se dirigiram às jovens e as cumprimentaram garbosamente, isto é, com a elegância que norteava a conduta dos nobres e aristocratas. As jovens responderam com gestos, enquanto Pierre os observava. Em dado momento, um deles ousou segurar um dos braços de Sophie, o que ensejou imediata reação de Pierre.

– Por que fez isso? Largue-a! – disse o jovem.

– Ora, o que lhe importa? – perguntou o rapaz.

—Você foi grosseiro e desrespeitoso – respondeu Pierre. – Como ousa portar-se dessa forma perante uma dama?

—Você me ofendeu ao dizer que fui grosseiro e desrespeitoso. Peça desculpas! – disse o rapaz autoritariamente.

– De modo algum. Você ofendeu minha irmã e isso eu não admito – retrucou Pierre.

Ato contínuo o rapaz que segurara Sophie tirou uma das luvas e bateu com ela no rosto de Pierre. Em seguida, disse:

– Encontre-me dentro de duas horas atrás da Torre. Lá não nos incomodarão. Não sei se terá coragem, pois, pelo que vejo, não usa armas.

– Não se incomode, estarei lá. Escolho o florete, mas não me importo se usar sua espada. Não chegue atrasado – disse Pierre.

Pierre e as jovens voltaram para Kensington. Ao entrar em casa, muito nervoso, Pierre chamou Antoine e Gaston.

– Preciso que vocês sejam meus padrinhos, vou duelar às 11 horas.

Ouvindo o barulho, Anne e Lucienne se aproximaram aflitas. Com poucas palavras o jovem contou o que havia acontecido.

– Meu filho, por que aceitou a provocação? —indagou Anne.

– Ele desrespeitou minha irmã, e isso eu não podia admitir. Como ousou segurá-la contra sua vontade? Todas as pessoas merecem respeito, sejam nobres ou não. E, além disso, independentemente de nossa classe social, ela é minha irmã – esclareceu Pierre.

– Pierre, você não é obrigado a duelar – disse Antoine. – Podemos deixar isso de lado. Não é lutando que se demonstra força de caráter. Aquele que recusa praticar ato de violência e que por isso é chamado de covarde, tem muito mais coragem do que o indivíduo violento.

– Está feito, meu pai. O senhor sabe que abomino a violência, mas não recuo diante de qualquer ameaça. Eu sou assim. O senhor sabe muito bem que tenho coragem suficiente para viver com a pecha de covarde, não me importo; entretanto, não posso tolerar injustiça. Vamos lá – concluiu Pierre.

Às 11 horas daquela manhã londrina sem sol, estavam todos atrás da Torre de Londres. Anne, com lágrimas no rosto, viu o filho sair, com a sensação de que poderia não vê-lo mais. Sophie, apesar dos pedidos da mãe, acompanhou aquele que achava ser seu irmão e por quem tinha muita afeição. Pierre, seguindo o conselho que Antoine sempre lhe deu, inspirou e expirou e pouco a pouco foi ficando calmo. Finalmente o nervosismo desapareceu. Estava completamente relaxado e atento. Percebia tudo a sua volta. Havia pouco vento e os galhos das árvores balançavam suavemente. Sentia uma brisa agradável afagar o seu rosto. Pelo outro lado, o desafiante ostentava ar triunfal diante do jovem que enfrentaria. "Será fácil" – pensou.

Os duelistas ficaram na posição tradicional para iniciarem o duelo. Antoine estava tranquilo, pois sabia que o filho sabia o que estava fazendo. Dado o sinal, Pierre, empunhando seu florete com suavidade e também com firmeza, partiu para o ataque. Antoine ensinou-lhe que uma espada ou um florete eram armas que tinham que ser manejadas com leveza, para que o esgrimista pudesse senti-la em suas mãos e usá-la com a máxima perfeição. O adversário do jovem era ágil e hábil, mas Pierre mostrou ser muito melhor. As armas tilintavam, e o som por elas produzido ecoava como música. Finalmente, Pierre golpeou o desafiante no braço esquerdo e ato contínuo, num golpe rápido com o florete, tirou a espada da mão direita do oponente. De repente, silêncio total.

Pierre estava com seu florete encostado no peito do inglês, cujo rosto estava coberto de suor. O medo o dominava. Sentia que seria trespassado pelo florete de Pierre, que o olhou com firmeza e disse-lhe:

– Se a posição fosse inversa, sei que seria morto por você. Todavia, eu não vou matá-lo. Sairá daqui apenas com o ferimento no braço. Se um dia eu tiver que matar alguém, o que espero que não aconteça, será por um motivo muito relevante. Espero que aprenda a respeitar seu

178 | Jorge Sincorá dos Santos

semelhante, principalmente se for mulher, nobre ou não. Agora vá!

O inglês recolheu sua espada e saiu dali depressa acompanhado por seus padrinhos. Antes, perguntou o nome do espadachim que o desarmara com certa facilidade.

– Pierre D'Ercy – respondeu o jovem.

Sophie correu em sua direção e o abraçou fortemente, dizendo:

– Você é o meu irmão muito querido.

Antoine olhou para o jovem com orgulho, seja por seu desempenho com o florete, seja pela compaixão que teve pelo adversário.

– Meu filho, estou muito feliz. Em minha mocidade matei alguns homens e o sentimento que tive foi muito ruim, ainda que todas as mortes tenham acontecido em luta leal. Lutei para salvar minha vida, e matar foi o ônus pelo envolvimento em uma revolta. Muitas pessoas morreram inutilmente, porque a revolta foi um completo fracasso. Tornei-me um proscrito, afastei-me de minha família e deixei minha pátria. Vamos voltar para casa e solenemente abençoar a vida.

Foram para casa felizes, sendo recebidos com alegria por Anne, Lucienne, Gaston e Natália, que ficara fazendo companhia a Anne. Pierre abriu uma garrafa de *champagne* e brindaram à vida.

Alguns dias depois, Antoine manuseava alguns papéis na velha escrivaninha, quando um deles escorregou para dentro, entre a gaveta e a base do móvel. Antoine tentou por todos os meios pegar o papel e, não conseguindo, decidiu retirar a madeira, o que fez com auxílio de Pierre. Nisso, viram um envelope e, pela sua consistência e cor, concluíram que era antigo. Sentaram-se num sofá e com cuidado Antoine o abriu e leu o texto, deixando em seguida o papel cair de sua mão.

Pierre o apanhou e também o leu. Depois de alguns instantes de silêncio, Antoine mandou Pierre chamar Anne, Gaston, Lucienne e Sophie. Com expressão sombria, começou a falar:

– Às vezes não entendemos por que e como as coisas acontecem quase que simultaneamente. Há poucos dias nós soubemos que o rei da França, depois de muitos anos, anistiou todos os que participaram da guerra civil que ficou conhecida como La Fronde. E agora isso.

Antoine passou o papel que achara no fundo da escrivaninha, para que todos o lessem. A surpresa foi geral. Em seguida, dirigiu-se a Anne e disse que aquele era o momento de contar a Pierre e a Sophie toda a verdade a respeito de suas vidas. Anne hesitou por um momento, mas depois concordou.

– Meu filho, o que vou contar é muito difícil para mim e para sua mãe; porém, acho que chegou o momento de você conhecer a verdade sobre sua origem. Na carta que você acabou de ler, aquele que a escreveu fala de uma mulher chamada Francine – disse Antoine com emoção.

– Sim, diz também que estaria em perigo – observou Pierre. – Mas a carta tem muitos anos.

– É verdade, meu filho. Lamentavelmente só agora a encontramos. Pois bem, Francine é a sua mãe biológica. É a mulher que o gerou.

Pierre, surpreso, abraçou Anne e Sophie, enquanto Antoine prosseguiu com sua narrativa. Contou que Jules

D'Ercy e a duquesa Francine de Labertoux viveram um intenso amor, cujo fruto foi ele, Pierre. Contou também que eles pretendiam viver juntos, depois que contassem ao duque de Labertoux que se apaixonaram. Com receio de que o duque lhes fizesse mal e a ele, Pierre, caso soubesse de sua existência, Jules pediu a Gaston que o trouxesse para a Inglaterra. Jules e Francine não conseguiram chegar a Londres, depreendendo-se que foram mortos pelo duque. Cerca de dois anos depois, o autor da carta, um espanhol de nome Pablo Avelar, veio a Londres para procurar Francine e como não a encontrou, deixou a carta com nossa empregada, que deve tê-la colocado na gaveta da escrivaninha. Lamentavelmente ela não nos falou da visita do espanhol e, infelizmente, a carta ficou perdida no fundo do móvel.

Mais uma vez o silêncio predominou naquela sala onde a família costumava se reunir. Antoine pretendia também falar a Sophie sobre sua origem, mas decidiu não fazê-lo naquele momento. As emoções daquele dia já eram mais que suficientes. Pierre chorou muito, aninhado no colo de Anne. Carinhosamente ela o confortou.

– Você é nosso filho querido, nosso filho do coração. Nós sempre seremos seus pais. Nós o criamos com todo amor e seremos seus pais para sempre.

– Eu sei, minha mãe. Vocês sempre serão meus pais. Devo tudo a vocês – disse Pierre.

– Você herdou de seu pai a dignidade e a honradez. Jules nunca foi um homem de lutas, como você também não é, mas ele jamais se preocupou com o uso das armas e mal sabia segurar uma espada. Não conheci sua mãe

Francine, mas se ele a amou como amou, ela foi ou é uma boa pessoa, que entregou seu coração a meu irmão, apesar de todas as barreiras.

– Meu pai, você disse que ela foi ou é. Tem razão, ela pode estar viva ainda. Talvez esteja com a idade de minha mãe Anne, presa num convento qualquer na França – observou Pierre.

– Precisamos pensar em todos esses acontecimentos com muita calma, uma vez que não iremos adotar medidas de forma precipitada. Deixem-me refletir com calma. Depois voltaremos a falar.

Pierre e Sophie deixaram os demais na sala e foram caminhar no jardim da ampla propriedade. A jovem cortou o silêncio:

– Estes acontecimentos deixaram-me aturdida. Nós não somos irmãos e talvez esta notícia esclareça muita coisa para mim. Eu estranhava por que, sendo sua irmã, sentia ciúme das moças que se aproximavam de você, principalmente Natália.

– Natália é uma ótima moça, mas o que tenho por ela é apenas uma amizade muito forte. Meu coração não pulsa quando a vejo, nem como pulsou quando aquele inglês segurou seu braço. Naquele momento senti raiva dele por ofender minha irmãzinha – asseverou Pierre, olhando fixamente para Sophie.

– Nós fomos criados como irmãos e sempre estivemos muito juntos e você sempre cuidou muito bem de mim. Sempre me protegeu —reconheceu Sophie.

– Sophie... Nós hoje estamos diante de uma realidade que ninguém pode mudar. Nós não somos irmãos; meu pai consanguíneo deve ter sido assassinado, e minha mãe, se não morreu, provavelmente vem vivendo em péssimas condições, privada de sua liberdade. Como pode um drama de tantas proporções destruir uma família? – questionou o jovem.

– Há sempre uma razão para tudo. O tempo é o instrumento usado para equilibrar todas as distorções – ponderou Sophie. – No momento, acho que devemos aguardar a decisão de papai. Ele é mais velho, tem mais vivência e tenho certeza de que será muito bem orientado – acrescentou Sophie.

– Orientado por quem? – perguntou Pierre.

– Se você acredita em tudo o que já lhe contei, se não acha que sou louca, sabe que não estamos sós neste mundo. Temos muito a aprender sobre este assunto que julgo ser muito delicado. Fique certo de que papai receberá boas intuições – explicou a jovem.

– Sophie... Você parou mesmo de ver espíritos?

– Há algum tempo que não vejo. Nem mesmo minha madrinha Cecília, embora sinta que ela está sempre por perto. Acho que não é possível ver espíritos diariamente. Eu não entendo nada disso, não compreendo por que vejo. Talvez um dia eu encontre todas as explicações. Esse é nosso maior segredo. Você não deve contar para ninguém. Não quero passar por louca – pediu Sophie.

– Seu segredo está bem guardado comigo – garantiu Pierre.

Alguns dias depois da descoberta da carta de Pablo Avelar, Antoine reuniu a família e comunicou sua decisão.

– Acho que chegou o momento de voltarmos à França. O rei deu anistia, mas não devolveu os títulos de nobreza, nem as propriedades dos revoltosos; todavia, com meu exílio, meu irmão tornou-se o conde D'Ercy e todas as propriedades agora pertencem a Pierre. É uma questão de princípio a sua devolução. Provavelmente terras e imóveis estão abandonados, caso a Coroa não as tenha tomado, o que aliás é o mais provável.

– *Monsieur* Antoine! Gostaria de acompanhá-los. Meu filho ficou na Normandia e nunca mais deu notícias. Acho que me acovardei, porque devia tê-lo procurado há muito tempo – falou Gaston.

– Oh, meu bom e fiel amigo! Quero pedir-lhe para ficar aqui com Lucienne. Há necessidade de alguém para cuidar de nossos negócios e, ademais, você não está em condições de fazer uma viagem tão longa e cansativa.

– Estou muito velho. É isso que quer dizer? – falou Gaston, com humor.

– A idade avançada produz seus efeitos, meu amigo. Mas não é isso que quero dizer. Nós não sabemos o que nos espera na França e você tem andado doente. Não é conveniente que viaje agora. Tão logo seja possível, poderá ir ao nosso encontro, mas aguarde meu chamado. Quanto a Duval, não se preocupe, nós iremos também à Normandia.

– Meu pai! Nós vamos nos apresentar como membros da família D'Ercy? – perguntou Pierre.

– Não de imediato. Como disse há pouco, não sabemos o que nos espera. Usaremos um nome de família fictício. Depois de tantos anos fora da França, o sotaque inglês está bem acentuado, principalmente em se tratando de você e de Sophie, que têm o inglês como idioma do dia a dia desde a infância – respondeu Antoine.

– O senhor fez bem em nos ensinar o francês – disse Sophie.

– Por que não usar o meu nome de família? — sugeriu Anne. – Não me incomodo se disserem que são escoceses – disse em tom de brincadeira.

– Está decidido. Os Stuart vão à França – falou Antoine, decidido.

– Meu pai! A carta que encontramos é de um homem que mora em Toulon. Vamos direto para lá? – perguntou Pierre.

– Não. Nosso destino é Paris. Alugaremos uma casa na Avenida Paris, se possível. Em primeiro lugar vamos nos instalar e deixar que todos percebam nossa presença. Quero me aproximar do duque de Labertoux.

– Mas ele pode reconhecê-lo – ponderou Gaston.

– Eu não creio, mal o conheço e acho que igualmente não se lembrará de mim. Quando deixei Paris era jovem, e nossas famílias não se relacionavam.

Semanas depois os D'Ercy viajaram para a França. Durante a travessia do Canal da Mancha, Pierre, tendo Sophie sempre por perto, pensou na vida que poderia ter tido ao lado de Jules e de Francine, embora amasse muito seus pais adotivos. Todavia, tudo seria diferente, porque seria criado em sua pátria, mas esse pensamento logo se desvaneceu, porque, se assim tivesse sido, não conviveria com Antoine, Anne e Sophie.

Já em solo francês, preferiram alugar uma carruagem com cocheiro e partiram em direção a Paris. Antoine, ouvindo o barulho dos cascalhos que se espalhavam sob as rodas da carruagem, lembrou-se de sua trajetória em sentido inverso, quando fugiu de Paris para não morrer. Nada mudara.

A estrada continuava a mesma, revestida por cascalhos. Com as janelas abertas, sentia o vento fresco da manhã entrar e acariciar seu rosto. Sentada ao seu lado, Anne segurava fortemente sua mão e vez por outra o beijava com suavidade, com a intenção de aliviar a tensão que parecia dominá-lo.

No assento em frente, Pierre e Sophie conversavam; falavam sobre a beleza da paisagem dos campos e da emoção que sentia o rapaz por estar em solo francês.

Em Paris, a família D'Ercy hospedou-se em um hotel tempo suficiente para que Antoine encontrasse uma casa para alugar na Avenida Paris. Depois de alguns contatos com pessoas indicadas por Gaston, alugaram um sobrado mobiliado. Deixaram o hotel dois dias depois de ser firmada a locação do imóvel. Instalados, Antoine e Pierre passaram a fazer perguntas a respeito da família D'Ercy, como se fossem amigos distantes que há muito tempo não se viam. Entretanto, pouco ou nada apuraram.

Em casa, desanimado com o insucesso de suas buscas iniciais, Antoine lamentou-se com Anne:

– Estivemos em vários lugares, mas ninguém se lembra de Jules. Não sei mais onde procurar – disse Antoine.

– Vocês foram à sua antiga residência? – indagou Anne.

– Não. Acho que instintivamente evitei aproximar-me daquela casa. Receio que a surpresa não seja boa para nós – respondeu Antoine.

– Pois eu acho que vocês devem ir. Não quer ter notícias de seu irmão? Parece-me que o primeiro lugar a ser procurado é sua antiga residência. Sei lá... Talvez haja algo de interessante nesse local – disse Anne.

– Tem razão, meu bem! Se estamos procurando meu irmão, não devemos selecionar locais de busca. Toda informação é importante. Amanhã irei lá com Pierre – disse Antoine.

No dia seguinte, Antoine e Pierre estavam diante da antiga moradia da família D'Ercy. O rapaz impressionou-se com o bom estado de conservação do elegante prédio.

– Pelo visto não está abandonado – observou Pierre.

– Tem razão. Vamos bater – falou Antoine.

Instantes depois a grande porta de madeira maciça foi aberta por um senhor, que, pelas vestes, aparentava ser o mordomo.

– O que deseja, *monsieur?* – perguntou o homem.

– Estamos procurando o antigo proprietário desta casa, o conde Pierre D'Ercy e seus filhos – respondeu Antoine.

– Esta é a propriedade do duque Jean de Labertoux.

Ao ouvirem o nome do duque, os visitantes gelaram. Depois de alguns segundos de silêncio, refeitos da surpresa, Antoine e Pierre quase que simultaneamente perguntaram pelo duque.

– Ele não mora aqui. Ele usa este prédio para realizar festas ou hospedar amigos. Vou lhes dar o endereço dele – disse o homem.

Antoine e Pierre ficaram intrigados. Por que o duque é dono do prédio onde residiram os D'Ercy? Rumaram imediatamente para o local indicado pelo mordomo. Precisavam obter respostas e finalmente entenderam que elas poderiam ser dadas pelo próprio Jean de Labertoux, se agissem com discrição.

Meia hora depois estavam diante do portão da propriedade de Jean, localizada num aprazível bairro de Paris. O procedimento foi o mesmo: bateram à porta, e um homem atendeu.

– Esta é a residência do duque de Labertoux? – questionou Antoine.

– Quem deseja saber? – indagou o homem.

– William Stuart, da Escócia – respondeu Antoine.

– Quem é o rapaz? – perguntou ainda o homem.

– É meu filho, Frederico Stuart – respondeu Antoine.

– Aguardem! Vou anunciá-los – disse o homem.

Esperaram alguns minutos, e finalmente o mordomo pediu que entrassem. Foram acomodados em uma sala. Logo depois surgiu Jean de Labertoux.

O tempo é inexorável e deixou suas marcas naquele homem que tanto mal fizera, mas sua altivez era a mesma. Antoine não o reconheceu, pois o vira poucas vezes. São quase da mesma idade. Antoine procurou controlar-se e mostrar-se calmo. Foi, então, iniciado o diálogo:

– Senhor duque, meu nome é William Stuart. E este é meu filho, Frederico. Viemos visitá-lo porque estivemos na residência do conde Pierre D'Ercy, todavia, fomos informados de que aquela propriedade agora lhe pertence. Minha família é de Edimburgo, na Escócia, e o conde, a condessa e os filhos nos visitavam. Sempre foi mantido um estreito relacionamento entre nossas famílias durante anos. Sabemos que o conde faleceu há muitos anos. Aliás, foi a última vez em que os vimos, no enterro do conde. Como estamos de férias em Paris, resolvemos visitar a família – disse Antoine.

188 | JORGE SINCORÁ DOS SANTOS

– Eu lamento, *monsieur*. Mas adquiri todas as propriedades do conde D'Ercy há muitos anos. Elas me foram doadas pelo rei, por força do serviço que prestei à França na guerra com a Áustria. É uma longa história – respondeu Jean.

– Nós não sabíamos – falou Antoine.

– Olhem! Já que estão de férias em Paris, vou fazer-lhes um convite. Hoje é o aniversário de minha nora Françoise e vamos festejar na casa que foi do conde. Por que não comparecem? Se estão em férias, a família toda veio, não? – falou Jean.

– Realmente. Minha mulher e minha filha caçula estão conosco – confirmou Antoine.

– Então está combinado. Estejam lá às 21 horas. Aproveitarei a oportunidade para dizer como adquiri as propriedades dos D'Ercy —arrematou o duque.

Antoine e Pierre retiraram-se aparentando contentamento pelo convite. Por seu turno, Jean vislumbrou a possibilidade de realizar novos negócios, como diria depois a Jacques.

Em casa, Antoine e Pierre reuniram-se com Anne e Sophie.

– Agora já sabemos que Jean de Labertoux ganhou nossas propriedades. Creio que na festa poderemos obter mais informações – falou Antoine com convicção.

Pouco depois das 21 horas, a família Stuart foi anunciada na residência na qual Antoine e Jules nasceram. Foram recebidos por Jean, Jacques e Françoise.

– Jacques, Françoise, este é William Stuart, sua esposa e seus filhos – disse Jean.

– Esta é Anne, minha mulher; Mary, minha filha, e Frederico, que o senhor já conhece – apresentou Antoine.

– Por favor, vocês estão em casa. Aproveitem a festa... *Monsieur* William, vamos conversar um pouco. Então, exerce alguma atividade? — indagou Jean.

– Construo barcos – respondeu Antoine.

– Galeões? – perguntou Jean.

– Nem tanto. Nossa especialidade é a construção de escunas de pequeno calado. São velozes e menos dispendiosas. Mas e então? Estou curioso a respeito das propriedades do conde D'Ercy. Que fim levou a família? Viu o que a distância faz? É a consequência de morar em outro país – despistou Antoine.

– Não tenho boas lembranças de Jules D'Ercy. Ele fugiu com a duquesa de Labertoux quando eu estava na guerra. Simplesmente desapareceram. Ouvi dizer que foram para a Espanha. Ele aproveitou-se de minha amizade para seduzir Francine, minha mulher. Ela, muito jovem, deixou-se envolver. Provavelmente ele ficou com ela por um tempo e depois a largou. Envergonhada, não deve ter tido coragem de voltar para casa. Procurei-a muito, mas não a encontrei. Temo que ela tenha acabado num prostíbulo na Espanha ou em outro país – falou Jean, cinicamente.

Antoine controlou-se o mais que pôde para não agredir o interlocutor. Suas suspeitas estavam confirmadas; possivelmente ele matara Jules e, quanto a Francine, trancafiou-a num convento. Quanto a ela, tinha certeza à luz da carta que lhe foi escrita por Pablo Avelar. Precisava saber mais e assim continuou com suas perguntas.

– Eu só não entendi como as propriedades foram transferidas para o senhor. Como disse antes, o rei as doou pelos serviços que prestou à Coroa. Por que as escolheu como prêmio?

– A resposta é simples, *monsieur*; o conde Jules desapareceu. Não tinha filhos. Achei que seria uma forma de vingança contra o que ele me fez e assim pedi ao rei que transferisse para meus domínios todos os bens que integravam o condado D'Ercy – repostou o duque, com ares de quem agira sob a mais perfeita justiça.

Enquanto Antoine e Jean conversavam em uma sala longe do tumulto da festa, Jacques aproximou-se de Sophie com olhares indiscretos. Françoise, a noviça do Convento das Ursulinas, olhou para ele com certo temor.

Ela não o amava; ao contrário, odiava-o pelo fato de ter sido forçada a casar com ele. No início do casamento até pensou que pelo menos poderia vir a gostar dele, mas depois concluiu que tal não ocorreria, uma vez que com o tempo mostrou seu caráter vil. Na verdade Françoise temeu pela mocinha. Assim, aproximou-se e procurou afastá-la dele, levando-a para perto de Anne. Jacques olhou para sua mulher com ares de reprovação.

Antoine e sua família saíram da festa pouco depois das 23 horas. No caminho para casa, contou tudo o que ouviu de Jean.

– Estou certo de que Jean matou meu irmão. Nosso próximo passo é colher provas contra ele, o que não será fácil. Na festa, conversando com alguns nobres, percebi que ele ainda goza de bom conceito junto ao rei.

Após o término da festa, Jacques disse ao pai que se interessou por Sophie.

– Aquela jovem é quase uma menina. Você não ouse aproximar-se dela. Acho que seu pai poderá ser uma boa fonte para negócios rentáveis. Não quero que estrague tudo com suas atitudes.

– Ora, senhor duque! Estou como sempre seguindo seus passos. Sua fama ultrapassa nossas fronteiras. Quantos homens matou por causa de suas conquistas? – contrapôs Jacques.

– Estou dizendo que não quero que atrapalhe. Posso ganhar dinheiro negociando com o Stuart – alertou Jean.

– Não se preocupe, meu pai. Eu sei como fazer as coisas. Nada vai atrapalhar seus negócios. Confie em mim – argumentou o filho.

Depois da conversa com seu pai, Jacques chamou Marcel, o capitão da guarda do duque. Os dois tinham um bom relacionamento e juntos praticaram muitos atos criminosos.

– Quero que vigie aquela família de escoceses. Deixe alguém perto da casa onde está morando. Procure tomar conhecimento dos hábitos de todos. Vamos raptar a mocinha, filha do casal.

Françoise, que estava numa sala ao lado, ouviu o necessário para saber que Sophie estava em perigo. Se o marido interessou-se por ela, tudo faria para atingir seus objetivos.

CAPÍTULO XIX

O ENGANO

VIVAMENTE INTERESSADO EM Sophie, o filho do duque de Labertoux deu início à preparação de um plano para raptar a jovem e para tanto, convocou Marcel para lhe dar as primeiras instruções. Entretanto, sua mulher Françoise ouviu o diálogo mantido entre os dois e ficou preocupada com o que poderia acontecer, passando, então, a ficar alerta.

Três dias após a festa em que Jacques conheceu Sophie, um de seus homens o procurou para dar notícias sobre os movimentos da família da moça.

– *Monsieur* Jacques! Vim trazer-lhe informações a respeito da rotina dos membros daquela família que o capitão mandou vigiar.

– Onde está Marcel? Ele é quem devia reportar-se a mim para tratar deste delicado assunto – disse Jacques, indignado.

– Perdão *monsieur*, mas o capitão Marcel está nos arredores de Paris realizando um serviço para o duque.

194 | Jorge Sincorá dos Santos

Tendo em vista seu interesse naquela família, mandou que eu me reportasse ao senhor tão logo tivesse notícias – justificou-se o homem.

– E você as tem? – perguntou Jacques.

– Sim, *monsieur*. O homem mais velho e o filho saem todas as manhãs a cavalo – disse o homem.

– Então preste atenção para as instruções que vou dar. Diga a Marcel que amanhã fique de tocaia perto do sobrado onde a família está morando. Tão logo pai e filho saiam, invadam o prédio e peguem a moça. Levem-na para o Bosque de Boulogne e em seguida me avisem. Não pode haver erros, entendeu? – disse Jacques.

Enquanto Jacques instruía o informante, Marcel entrou na sala e, de forma disfarçada, apontou para a porta em frente, semiaberta, enquanto falava:

– Desculpe-me, Jacques, mas precisei fazer um trabalho para o duque.

Jacques, que estava em pé, correu para a porta para a qual Marcel apontara e, num gesto rápido, segurou Françoise pelo braço e praticamente a arrastou para o quarto, onde a trancou.

– Não sei o que você ouviu, mas vai ficar trancada por um bom tempo – disse Jacques, em voz alta, enquanto caminhava de volta para a sala.

Com a chegada de Marcel, Jacques mandou o homem que lhe trouxera as informações sair e em seguida disse:

– Estou me arriscando com esta empreitada, mas eu quero aquela moça.

– O que você vai fazer depois? Aquela jovem não o conhece... – obtemperou Marcel.

– É claro que sim. Já houve um fato semelhante há anos, mas a moça era uma serviçal. A família ficou tão assustada, que saiu da Normandia. Nunca mais tive notícias – explicou o rapaz, com certo desprezo.

– Se a moça que você pretende raptar é uma aristocrata, não acha que o risco é muito grande? Será que vale a pena? – ponderou Marcel.

– Como disse antes, eu quero aquela jovem. Depois que fizer o que pretendo, traçarei o destino dela. Quantas moças desaparecem neste mundo? Se ela sumir, será apenas mais uma. Trate de fazer o que mandei. Pegue a moça e, quando já estiver presa na cabana, avise-me – ordenou Jacques.

Em seu quarto, Françoise deitou-se na cama e chorou por sentir-se inerte diante da maldade do marido.

No dia seguinte, Antoine e Pierre saíram logo cedo. Sophie acordou com uma sensação de desconforto. Estava nitidamente tensa. Saiu de seu quarto e foi ao encontro de Anne, que dobrava as roupas de cama do quarto onde dormia com o marido.

Depois de ouvir a filha, Anne procurou tranquilizá-la, mas a moça continuou angustiada. O fato é que os amigos espirituais de Sophie mais uma vez a estavam intuindo.

– Por que você não procura distrair-se? Este sobrado tem um sótão. Por que não vai até lá? Talvez encontre umas roupas interessantes – disse Anne, carinhosa.

– Talvez eu encontre roupas antigas ou outras coisas interessantes. Vou seguir seu conselho —respondeu Sophie.

Bastou que Sophie saísse do quarto da mãe e subisse ao sótão, para que três homens encapuzados forçassem a porta do sobrado, entrassem, subissem as escadas e inva-

196 | JORGE SINCORÁ DOS SANTOS

dissem o quarto onde estava Anne. Incontinenti, cobriram sua cabeça com um capuz, e um deles disse:

– Rápido! Vamos levá-la para a cabana no Bosque de Boulogne.

No sótão, ouvindo as vozes e o barulho, abriu cuidadosamente o alçapão e ainda ouviu a voz que era de Marcel. Com medo, ficou em silêncio. Se tivesse uma espada, poderia descer e enfrentar os invasores, ainda que com muito risco, mas eles eram três e ela estava desarmada.

Os homens desceram as escadas carregando Anne. Abriram a porta do sobrado e embarcaram em uma carruagem que ficara parada na frente da casa. Sophie desceu logo atrás, correu de um lado para outro, mas não teve meios de segui-los.

Marcel levou Anne para o local combinado com seu patrão e em seguida foi avisá-lo. Nesse interregno, Antoine e Pierre chegaram ao sobrado, onde foram recebidos por uma aflita Sophie:

– Levaram mamãe! Ouvi falarem que iam para uma cabana no Bosque de Boulogne!

Com poucas palavras, Sophie contou o que havia ocorrido. Antoine e Pierre alcançaram suas armas, enquanto o primeiro falava:

– Sophie, fique aqui. Eu e Pierre vamos tentar achar sua mãe. Conheço muito bem o lugar, pois ia muito lá com Gaston quando era criança. Naquele tempo havia poucas cabanas, que eram usadas para guardar animais abatidos durante as caçadas. Acho que o panorama não mudou, porque o bosque é propriedade da Coroa.

– Eu não vou ficar aqui sozinha de modo algum. Ademais, eu quero ajudar. Esperem somente que eu troque de roupa – pediu Sophie.

– Lá vem ela de novo com roupas de homem – brincou Pierre, embora a hora fosse muito grave.

– Qual é a graça? – repreendeu-o Sophie.

– Parem de conversar, não podemos perder tempo – ordenou Antoine.

Rapidamente Sophie vestiu-se e ato contínuo abriu o alforje onde haviam sido acondicionadas as armas trazidas por Antoine e lançou mão de um florete.

Surpreso, Antoine falou:

– Você escondeu seu florete no alforje!

– Não escondi, apenas coloquei-o junto às armas que vocês trouxeram. Não notaram? – justificou a jovem.

– Sophie, prometa que vai apenas observar – disse Antoine.

– Está bem, mas eu não tenho cavalo! Como vou acompanhá-los? – questionou.

– Pierre, vamos à estrebaria onde alugamos nossos cavalos. Talvez possamos alugar outro. Saiamos logo, temos que ser rápidos – apressou Antoine.

Tão logo teve ciência do rapto, Jacques apressou-se em acompanhar Marcel à cabana onde Anne estava presa. Assim como seus asseclas, colocou um capuz e entrou naquele lugar apertado e sujo. Ao ver Anne, demonstrou sua decepção com um grito.

– Idiotas! Vocês raptaram a mãe!

– Como? Não é ela? Como podíamos saber? É uma bela mulher – ponderou Marcel.

– Esta é mãe dela, seus imbecis! – vociferou Jacques.

– Não havia outra mulher lá – afirmou Marcel.

Jacques saiu da cabana blasfemando. Marcel o seguiu.

– E agora, o que fazer? – quis saber o comparsa.

– Você não entendeu mesmo. Eu queria aquela menina. Para ter uma mulher da idade dessa que trouxeram, eu não preciso raptar. Vou deixá-la para seu deleite. Depois, mate-a e dê sumiço no cadáver! – orientou Jacques.

Jacques de Labertoux deixou a cabana ainda blasfemando muito. Marcel mandou que os dois homens saíssem e mantivessem guarda. Voltou a entrar na cabana e com um sorriso cínico, disse a Anne, enquanto arrancava seu capuz:

– Meu patrão não a quer, mas eu sim. Vamos passar algumas horas bem agradáveis.

Anne olhou aquele homem desagradável com medo. Estava indefesa diante dele, quando subitamente ouviu-se o tilintar de espadas no lado de fora da cabana. Rapidamente Marcel desembainhou sua espada e saiu da cabana.

Enquanto Pierre e Antoine cruzavam espadas com dois dos raptores, Marcel os atacou. Percebendo que Antoine e Pierre ficaram em desvantagem, Sophie empunhou seu florete e entrou na luta diretamente contra Marcel.

– Por que vocês raptaram minha mãe, seu canalha? – perguntou a irada jovem.

– Ah! Então você é a mulher que devíamos ter trazido. Foi ótimo ter vindo. Vamos acabar com seus parentes e ficar com você – disse Marcel.

Notando que Sophie estava duelando com Marcel, Pierre tentava desvencilhar-se de seu oponente para ajudá-la, mas não estava conseguindo, o mesmo podendo ser dito em relação a Antoine. Mas, na verdade, a jovem não encontrava dificuldades em lidar com o capitão da Guarda do duque de Labertoux.

Pierre finalmente trespassou seu adversário com a espada e correu para ajudar Sophie, mas esta deu fim ao combate ferindo Marcel. Minutos depois, imperou o silêncio. Antoine entrou na cabana e abraçou Anne. E logo após livrou-a das cordas que a amarravam.

Pierre olhou desolado para o homem que matara. Jamais pensara que mataria, mas foi consolado pelo tio.

– É triste, meu filho, mas você não pôde evitar. Lembre-se de que estava lutando por sua vida e por todos nós.

Sophie interrompeu o diálogo:

– Papai, este aqui ainda está vivo.

Sophie falava de Marcel, que desabara no chão após a precisa estocada. Antoine dirigiu-se a ele com energia:

– Quero saber quem o mandou raptar minha mulher. A única forma de sair daqui vivo é respondendo ao que lhe está sendo perguntado. Diga logo!

Marcel, que sangrava muito, percebeu que se não fosse logo socorrido, morreria. E assim contou que Jacques de Labertoux o mandara raptar Sophie, mas por engano, raptara Anne.

– Esse Jacques de Labertoux é tão canalha quanto o pai – disse Pierre. – Ouça bem, seu lacaio imundo! Diga a seu patrão para afastar seus olhos nefastos de Sophie, ou ela mesma vai fazer com ele o que fez com você. As escocesas lutam tão bem quanto os homens. Você é a prova desse fato.

Antoine e Pierre colocaram Marcel em seu cavalo e o fizeram disparar com uma chicotada. Montaram em seus cavalos e voltaram para o sobrado. Anne usou a montaria de um dos homens mortos na luta. A carruagem usada para transportar Anne durante o rapto, foi abandonada no local. Marcel, muito ferido, procurou socorro médico. Somente depois de recuperado, procuraria Jacques para falar de seu fracasso.

Os D'Ercy concluíram que em Paris pouco ou nada mais apurariam. Quanto ao rapto de Anne, estavam certos de que as contas seriam depois acertadas. Então deciram partir no dia seguinte bem cedo para Toulon.

CAPÍTULO XX

EM TOULON

ANTOINE E SUA família chegaram a Toulon numa tarde chuvosa. Seu objetivo era encontrar o autor da carta entregue em Londres, o espanhol Pablo Avelar.

Hospedaram-se num hotel no centro da cidade, identificando-se como uma família escocesa em férias na França. Na carta supramencionada, Pablo colocara seu endereço, mas considerando o decurso do tempo, havia o receio de que não permanecesse morando no mesmo local. Todavia, nenhum resultado prático tinham as conjecturas, de modo que decidiram dirigir-se ao endereço indicado na carta.

Eram 11 horas da manhã quando chegaram à propriedade que seria de Pablo Avelar. O local parecia deserto. Caminharam até a casa que deveria ser a da residência, construída no centro do extenso terreno, onde havia construções menores.

Bateram insistentemente sem resultado. Quando se preparavam para ir embora, surgiu um homem puxando um cavalo pelas rédeas.

– Desejam alguma coisa? – perguntou o homem.

– Estamos procurando *monsieur* Pablo Avelar – explicou Antoine. – Pelo que sabemos, ele mora aqui.

– *Monsieur* Pablo está viajando. Foi à Espanha.

– Quando retorna? – perguntou Pierre.

– Não sei. Ele viajou há dois meses; disse que ia tratar de negócios em Madri e visitar parentes. Pode voltar a qualquer momento, já que nada disse quanto à data de seu retorno – acrescentou o homem.

A informação do empregado de Pablo desanimou a todos. Como poderiam prosseguir em sua busca, se não o encontrassem?

– Há algum vizinho de *monsieur* Pablo com quem possamos conversar? – perguntou Anne.

– Sim, senhora. Bem perto daqui residem madame Justine e seu neto Maurice. Sigam por aquela estrada estreita e em menos de meia hora avistarão a residência de madame Justine Fleury.

Antoine e seus acompanhantes despediram-se do empregado de Pablo e rumaram para a residência de Justine Fleury. Exatamente como lhes dissera o homem, cerca de 20 minutos depois estavam diante da mansão.

Desceram da carruagem que os conduzia e aproximaram-se da porta principal do prédio.

Uma mulher de boa aparência saiu à varanda para recebê-los.

– Vimos pela janela que os senhores se aproximavam. Desejam alguma coisa? – perguntou a mulher.

– Queremos falar com madame Fleury, se for possível – disse Antoine.

– Podem sentar. Aqui na varanda a temperatura está mais agradável. Apesar da chuva de ontem, está fazendo um pouco de calor – disse a mulher.

A mulher entrou na casa, enquanto os visitantes se acomodavam nas cadeiras de vime espalhadas pela varanda. Minutos depois, madame Justine foi recebê-los. Contava agora 80 anos, mas seu aspecto era o de uma pessoa que se cuidava muito bem. Sempre entendeu que o ser humano deve dar atenção ao corpo físico que lhe serve de indumentária para percorrer seu caminho na Terra, até o dia de seu desenlace.

A velha senhora olhou-os com toda atenção e em seguida perguntou-lhes sobre a razão da visita, uma vez que nunca os vira. Em resposta, Antoine disse-lhe que estavam tentando falar com Pablo Avelar e, estando ele viajando, decidiram lhe procurar.

– Madame, temos urgência em falar com *monsieur* Avelar, mas seu empregado disse que está na Espanha há cerca de dois meses. Estamos aqui para saber se a senhora tem alguma informação quanto à data de seu retorno.

– Pablo veio despedir-se de nós quando viajou, mas nada falou quanto à data de sua volta. Têm urgência em avistar-se com ele? – perguntou Justine.

– Temos sim. Trata-se de um assunto de muita relevância – respondeu Antoine.

Antoine hesitou, mas em seguida falou sobre a razão da visita e assim contou que anos antes Pablo esteve em sua residência em Londres, quando deixou uma carta cujo conteúdo era importantíssimo.

Lívida, Justine deu um suspiro de emoção e ficou em silêncio. Todos olharam para ela com curiosidade e apreensão.

– A senhora está bem? – perguntou Sophie.

Justine deu um sorriso para a jovem e falou:

– Eu estou bem. Senti uma pressão em meu coração ao ouvir falar sobre a carta. Vocês são parentes de Francine?

– A senhora a conhece? – perguntaram quase que ao mesmo tempo.

– Ela morou comigo algum tempo. Era uma jovem muito linda e de bons princípios. Eu a socorri na estrada. Ela estava com fome e desesperada, como pude sentir. Como não tinha para onde ir, convidei-a para trabalhar comigo como governanta. Foi um período maravilhoso de nossas vidas. Depois vim a saber que era uma duquesa que fugira do marido por amor a um homem. Falou-me de seu filhinho e da necessidade de ir a Londres procurá-lo. Dei-lhe o meu apoio e ela partiu. No mesmo dia fui procurada por um homem muito cruel que ameaçou a vida de meu neto para que dissesse onde ela estava. Felizmente ela já tinha partido. Aqueles homens maus estiveram na casa de Pablo e o torturaram – narrou Justine.

– Eu sou o filho dela – disse Pierre.

– Como ela ficará feliz quando o vir! – disse Justine com emoção.

– Madame Justine... Como deve saber, ela não chegou a Londres – disse Antoine.

– Eu sei. Algum tempo depois de sua partida, Pablo decidiu procurá-la em Londres, pois queria saber se ela estava bem. Como não a encontrou, deixou a carta sobre a qual o senhor se referiu. Meu amigo espanhol apaixonou-se por Francine, mas seu coração já havia sido entregue por inteiro ao conde Jules D'Ercy. Assim, tornaram-se grandes amigos, embora Pablo nutrisse a esperança de que um dia ela viesse amá-lo. Quanta emoção envolve este momento. Estou diante dos parentes de Jules D'Ercy, estou olhando para seu filho, este moço tão garboso! – disse Justine fixando os olhos em Pierre.

– Madame Justine! Ela disse o que aconteceu com Jules? – perguntou Antoine, sem desanimar-se.

– Sim! Seu irmão foi assassinado pelo duque Jean de Labertoux em um duelo desigual no pavilhão de caça de propriedade daquele homem. O rapaz não sabia manejar uma espada. Segundo Francine, ele tinha horror à violência. O duque e seus seguidores o mataram e esconderam seu corpo.

– E minha mãe? – perguntou Pierre.

– Acho que a levaram, já que não chegou a Londres. Quando a conheci, ela havia escapado de um convento. Quem sabe se o duque não a enclausurou outra vez? Escutem, precisamos conversar mais. Onde estão hospedados? – falou a senhora.

– No centro de Toulon – respondeu Anne.

– Quero que sejam meus hóspedes. Minha casa é muito grande, de modo que posso alojá-los com todo conforto. A senhora e a mocinha podem ficar aqui enquanto *monsieur* Antoine traz a bagagem.

O convite de Justine foi aceito e já à noite todos estavam instalados na mansão. Após o jantar, foram para a biblioteca e se acomodaram confortavelmente.

– Francine gostava muito desta sala. Ficava horas estudando com meu neto, que tinha então 8 anos. Era uma jovem prendada, amante da literatura e da música. Sua voz era terna e seu olhar transmitia o amor que sentia pelo próximo – descrevia Justine com emoção.

– Madame... A senhora acredita mesmo que o duque de Labertoux a levou de volta para o convento? – perguntou Anne.

– Acredito. Pelo que percebi, o duque tinha fixação nela, não por amá-la, mas pelo desejo de posse constante. Se a prendeu em um convento, em vez de matá-la, certamente desejava continuar a satisfazer seu instinto. Se conseguiu achá-la, como suspeitamos, que lugar melhor para escondê-la do que um convento?

– A senhora tem razão. Neste país há muitos conventos. Teremos que ir a todos, o que demandará um bom tempo – disse Antoine.

– Acho que podemos reduzir nossa busca! – falou Pierre com entusiasmo. – Madame, a senhora disse que a encontrou em uma estrada quando ela estava em fuga.

– Sim, e ela estava trajando um hábito – confirmou Justine.

– É isso! Ela escapou vestida de freira! – acentuou Pierre.

– Em qual estrada a encontrou? – perguntou Antoine.

– Na estrada que parte de Loudun – informou Justine.

– Precisamos saber se há convento em Loudun, ainda que tenhamos que ir lá.

– Esperem! Acho que sei onde. Com certeza podemos obter essa informação em qualquer igreja ou no bispado desta região – deduziu Antoine.

– Creio que posso ajudá-los. O bispo de Toulon, François Dauville, é um velho amigo de nossa família.

Vamos à vila amanhã. Terei prazer em apresentá-lo. Se ele puder ajudar, certamente o fará – recomendou Justine.

Aquela foi uma noite em que ninguém naquela mansão conseguiu dormir tranquilamente, eis que todos estavam muito ansiosos. No dia seguinte, às 13 horas, estavam diante do bispo François Dauville. Madame Justine Fleury narrou-lhe o drama dos D'Ercy e depois indagou sobre a existência de um convento em Loudun.

– Certamente, em Loudun está situado o Convento das Ursulinas. É muito conhecido em nosso país – falou o bispo com convicção.

A alegria invadiu aqueles corações ansiosos, mormente o de Pierre. Depois de breve momento de silêncio, Antoine pediu a ajuda do bispo:

– Poderia acompanhar-nos a Loudun? Sem a sua ajuda, receio que não consigamos alcançar nossos objetivos. Acredito que a madre superiora não admitirá que Francine está ali enclausurada.

– Vou ajudá-los, com muito prazer. Quando desejam ir a Loudun? – indagou o bispo.

– Tão logo possa deixar sua diocese por alguns dias – informou Antoine.

– Ótimo! Vou resolver algumas questões de ordem administrativa. Digamos que partamos em dois dias. Está bom para vocês? – perguntou o bispo.

– Maravilhoso... – disse Anne, com um largo sorriso.

Madame Justine agradeceu ao bispo e prontificou-se a ficar atenta aos acontecimentos. Se Pablo Avelar retornasse da Espanha, ela lhe indicaria o paradeiro da família D'Ercy.

CAPÍTULO XXI

A LIBERTAÇÃO
DE FRANCINE

DOIS DIAS DEPOIS rumaram para Loudun. Antoine e Pierre preferiram viajar a cavalo, enquanto Anne, Sophie e o bispo seguiram em uma carruagem. Depois de uma exaustiva viagem estavam diante do imponente Convento das Ursulinas. O bispo François Dauville fez-se anunciar. Foram conduzidos ao hall de entrada do convento por uma freira, que pediu-lhes para aguardar a madre superiora. Minutos depois foram encaminhados ao gabinete da religiosa, que, levantando de sua cadeira, cumprimentou respeitosamente o bispo e se apresentou:

– Sou Tereza de Verneiul e dirijo este convento há oito anos, desde o falecimento de madre Marie.

Então, madre Marie, a religiosa que dirigira o convento com mão de ferro, havia desencarnado. A freira Tereza era sua principal auxiliar e absorvera dela as poucas virtudes e os muitos defeitos. Surpresa com a visita de um bispo de uma diocese distante, procurou saber das razões de tão ilustre visita.

Em poucas palavras François Dauville deu-lhe as explicações que julgava suficientes e concluiu:

– Estes são os fatos, irmã. Nosso desejo é que mande trazer à nossa presença a duquesa Francine de Labertoux, que sabemos estar reclusa neste convento há cerca de vinte anos.

Ouvindo o nome pronunciado pelo bispo, madre Tereza empalideceu, e a mudez tomou conta dela. Enquanto Antoine e Anne a olhavam com expectativa, Pierre e Sophie deixaram a sala e começaram a caminhar pelos corredores. Ao avistarem uma freira, aproximaram-se dela, e Pierre lhe falou:

– Irmã! A madre superiora pediu que nos levasse à cela da duquesa.

A freira olhou para os jovens e tentou afastar-se, mas Pierre segurou seu braço direito com força, dizendo:

– Não se afaste, irmã. A senhora não me ouviu? Quero que nos leve à cela da duquesa Francine, agora!

Enquanto Pierre pressionava a freira, madre Tereza, mediante evasivas, tentava convencer o bispo de que no convento só havia noviças e freiras, sem sucesso.

– Nós sabemos que há uma duquesa aprisionada neste convento. Se insistir com suas negativas, vou levar o caso mais adiante; e esteja certa de que as consequências serão muito desagradáveis para a senhora – disse o bispo em tom ameaçador.

Nesse ínterim, não conseguindo suportar a pressão de Pierre, a freira decidiu cooperar:

– Ela está na cela que fica perto da sala de madre Tereza.

– A duquesa fica presa o dia todo? —perguntou Sophie.

– Quase sempre. Depois que fugiu há muitos anos e foi recapturada e reconduzida para lá, raramente sai da cela. Está sempre vigiada. Uma vez por dia é levada ao jardim para um banho de sol, mas fica pouco tempo — informou a freira.

– Ela não tem atividade? – perguntou Sophie.

– Não. Como eu disse, ela fugiu uma vez, e o duque prometeu castigar madre Marie se fugisse de novo. Depois que madre Marie morreu, a nova madre superiora manteve o regime. Ninguém quer atrair a ira do duque – disse a freira.

– Vamos para a cela. A senhora vai abri-la – disse Pierre.

– Apenas madre Tereza tem a chave – informou a freira.

– Então é simples. Vamos voltar à sala da irmã Tereza. A senhora vai conosco em silêncio – disse Pierre.

Ao entrarem na sala de madre Tereza, viram-na sentada em uma cadeira com as mãos na cabeça, como se a segurasse para que não se desprendesse do corpo. Então, Pierre falou:

– Meu pai, eu sei onde ela está.

E virando-se para a religiosa:

– Madre, entregue a chave da cela. Sabemos que está em seu poder. A senhora é a guardiã da duquesa.

Trêmula, madre Tereza abriu uma gaveta de sua mesa, pegou a chave e esticou o braço para entregá-la.

Entretanto, com a voz cheia de rancor, o bispo interpôs-se, dizendo:

– Nada disso! A senhora a tem mantido trancada e, portanto, é a senhora que abrirá a porta da cela. Levante-se!

Ansiosos, Antoine, Pierre, Anne e Sophie, caminharam com o bispo e com madre Tereza para a cela. Aberta a porta, depararam Francine de cabelos grisalhos e muito magra. Os olhos brilhantes, que tinha na mocidade, agora eram pálidos e sem luz. A bela mulher que um dia apaixonou-se pelo conde D'Ercy, estava transfigurada pelo sofrimento que suportara por duas décadas.

Aturdida, Francine olhou para aquelas pessoas e com exceção da madre superiora, não as identificou.

Comovido, Antoine falou:

– Francine! Eu sou Antoine D'Ercy; esta é minha mulher, Anne; esta é minha filha Sophie, e este é o bispo de Toulon, que nos trouxe aqui e...

Sophie não deixou Antoine terminar a frase e pediu:

– Papai, por favor! Deixe que apenas eu e Pierre fiquemos aqui. Por favor, saiam.

– Por que, minha filha?

– É muito importante, papai – argumentou a jovem.

Anne segurou o marido pelo braço direito e com um olhar fez com que o pedido de Sophie fosse atendido. A porta da cela foi fechada e ficaram apenas ela e Pierre. Francine os olhou e em seu íntimo sabia o que iria acontecer a seguir. Sophie pediu que todos sentassem no catre e começou a falar:

– Você é minha tia Francine. Meu pai é o irmão do homem que você amou e com quem teve um filho – disse Sophie, carinhosamente.

As lágrimas começaram a descer pelo rosto de Francine. De repente, abraçou Sophie com força e chorou copiosamente. Fez-se silêncio. Do lado de fora, o bispo sugeriu que todos voltassem para a sala de madre Tereza.

– Acho que o diálogo de sua filha com a duquesa vai ser longo. É melhor que esperemos na sala da irmã Tereza, que certamente fará um relato dos fatos.

Mais calma, Francine esperou que Sophie continuasse sua exposição.

– Tia Francine... este é Pierre. Seu filho!

Os olhos de Francine, sem expressão até minutos atrás, brilharam de alegria. Pierre aproximou-se dela com o coração disparado e a abraçou e beijou com carinho.

– Meu filhinho, meu filhinho! Você está vivo! Que felicidade, meu Deus! Peço perdão por duvidar da Tua misericórdia! – exclamou Francine.

Sophie ficou em silêncio, deixando que mãe e filho expandissem toda a alegria, que deixassem suas vibrações formarem uma só corrente de amor. Finalmente, com mãe e filho abraçados, Sophie os interrompeu e continuou a falar:

– Tia Francine, peço que acredite em mim. Não podemos deixar esta cela sem tentarmos dar um fim a uma situação que perdura há muitos anos e que não está fazendo bem a nenhum de vocês. É indispensável que finalmente tio Jules siga seu caminho. Foi por esta razão que pedi a meu pai para nos deixar sozinhos com a senhora.

– Eu não estou entendendo. O que está havendo? – indagou Francine.

– No seu íntimo a senhora sabe – respondeu Sophie.

– Por favor, minha mãe. A senhora deve escutá-la. Confie nela como eu confio – pediu Pierre.

– Então fale, Sophie – disse Francine.

– Meu tio Jules está aqui, bem junto da senhora.

– Mas como? Eu não entendo! Meu Jules morreu há vinte anos.

– Tia, confie em mim. Eu não sei dar as razões de minha convicção, mas estou certa de que a vida terrena não é a única. Depois de anos sem obter explicações para minhas visões, passei a analisar os fatos com o exercício da razão. Eu sempre soube que não era louca. Desde menina eu vejo espíritos. Tudo começou quando vi pela primeira vez a minha madrinha Cecília. Durante algum tempo ela se fazia presente e aos poucos foi explicando o que lhe era permitido explicar. Nós não estamos sós neste mundo. Há outra dimensão para onde vamos depois que morremos. Eu poderia dizer que há dois lados da vida, isto é, o das pessoas que são de carne e osso e o das pessoas que não são tangíveis.

– Tudo o que você está dizendo é surpreendente para mim. É difícil aceitar. Sei que após a morte nossas almas vão para o céu, para o inferno ou para o purgatório. Há também o limbo, que é o lugar para onde vão as almas sem batismo. Nenhuma alma pode ficar andando por aí.

– É o que nós católicos aprendemos, mas pelos fatos que já presenciei, sei que não é verdade. Os espíritos estão em todos os lugares e intervêm muito em nossas vidas. É verdade, minha tia! Eu vejo e ouço os espíritos. Como nunca pude conversar com meus pais sobre tudo isso, com medo de ser tida como louca, fui aprendendo aos poucos com a vivência. Como estou dizendo, não sei qual é a razão, mas estou consciente de minhas afirmações. Pois bem, muitos morrem e em vez de seguirem seus caminhos no outro lado da vida para aprenderem mais e depois voltarem à vida terrena em novo corpo físico, por motivos diversos, ficam por aqui e essa permanência é muito ruim. Como exemplo, posso dar o do tio Jules.

– O meu Jules?

– Ele agora não é mais da senhora. Talvez um dia vocês se reencontrem, mas agora ele deve partir. Tio Jules está a seu lado há anos com prejuízo para ele e para a senhora.

– Como sabe?

– Ele está dizendo que impediu seu marido de continuar a lhe fazer mal – disse Sophie.

– Aquele monstro fazia isso? – perguntou Pierre, indignado.

– Fazia sim, Pierre – acrescentou Sophie.

Naquele momento Jules interrompeu a fala de Sophie e, sabendo que ela o via, passou a justificar sua presença perto de Francine. Então, Sophie passou a dirigir-se a ele:

– Meu tio, você sabe que é um espírito. Sua passagem por este lado da vida terminou. Você pode achar que está ajudando, mas não está. Há um elo mental unindo vocês e esse elo deve ser quebrado. Você não percebe sua aparência? Ela é horrível, tio. Você, embora involuntariamente, vem sugando a energia da tia Francine também sem perceber. A relação que vocês mantinham na Terra somente perdurou enquanto você tinha uma vestimenta de carne. Agora é impossível, pois agora o seu corpo é sutil, intangível. Como poderiam tocar-se?

– Mas durante o sono ela vem a meu encontro – disse Jules.

– É um encontro que não deve acontecer. Vocês precisam se desprender um do outro. Essa ligação mental é prejudicial a ambos. É sobre esse elo mental que estou falando. Os espíritos se comunicam pelo pensamento, mas não da forma como vem acontecendo entre vocês. Estou lhe dizendo tudo isso com minha intuição.

De fato, os amigos espirituais que deixaram de se tornar visíveis para Jules, não desistiram de sua tarefa e, ao longo dos anos, procuraram ajudá-lo, lançando fluidos energéticos, mas com quase nenhum resultado, em virtude da baixa sintonia em que ele estava, decorrente do desejo sexual e da fixação que tinha pela amada. Nada, porém, dá-se por acaso. Com a presença de Sophie, médium vidente e audiente, foi possível a comunicação com Jules.

– Eu a amo demais, como posso deixá-la? E Jean? Vai ficar impune? Por que ele fez tudo aquilo?

– Há uma razão que mais tarde você irá descobrir. Há um vínculo entre vocês que é de vidas anteriores. Algo me diz que tanto você, como Francine, um dia causaram mal a ele, e então, os três se fecharam num círculo que se mantém vida após vida, um fazendo mal ao outro. É preciso acabar com isso. Vão manter esse vínculo pela eternidade? É preciso pedir perdão e perdoar. Quanto a Francine, vocês se amaram muito na Terra e provavelmente esse amor vem perdurando em suas sucessivas vidas, mas vocês devem compreender que o amor entre as pessoas terrenas não é o mesmo que o amor no outro lado da vida, desprovido dos desejos carnais. É um amor de renúncia pelo bem do outro, é um amor desprovido de vaidade, de ciúme e de orgulho, é um amor que une, é um amor que não dilacera, é um amor que não despreza, é um amor que transcende! Esse é o amor que deve ser vivido, se quiserem evoluir – falou a jovem, num estado quase de êxtase espiritual.

As palavras eram pronunciadas por Sophie como se estivessem sendo ditadas. Como aquela jovem de 17 anos podia dizer tudo aquilo? Com certeza naquele momento os amigos espirituais a estavam ajudando. Ademais, ela era um espírito com conhecimento adquirido passo a passo em suas inúmeras reencarnações. Quando nascemos de novo, tudo esquecemos, mas o conhecimento fica latente, podendo aflorar a qualquer momento.

– Então o que posso fazer? – perguntou Jules.

– Em primeiro lugar procure refletir sobre o que eu lhe disse. Há um caminho muito longo a percorrer e você está se atrasando. Não se preocupe mais com minha tia, pois daqui em diante ela terá a proteção de seu filho e de meu pai. Ela deve prosseguir sua jornada nesta vida e você deve continuar a sua. Se forem espíritos afins, um dia haverá o reencontro – esclareceu Sophie.

– Pela primeira vez em muitos anos volto a sentir-me feliz. Meu filho está aqui junto da mãe. Tenho certeza de que se tornou um bom homem. Ele vai cuidar muito bem dela – disse Jules, emocionado.

– É verdade! Mas agora você precisa se decidir! Os amigos espirituais estão aqui e se você se concentrar poderá vê-los.

Instantes depois, Jules viu que uma luz irradiava uma energia benéfica no ambiente e a seguir percebeu a presença dos dois espíritos que anos antes tentaram convencê-lo a segui-los.

– Tem razão, posso vê-los – falou Jules, com um sorriso.

– Você vai seguir com eles? – perguntou Sophie.

– Vou sim, embora relutante, mas antes quero despedir-me de Francine e de Pierre. Diga-lhes que eu os amo e que estou feliz por finalmente estarem reunidos. Quero que diga a Pierre que não se vingue de Jean. Você tem razão, precisamos cortar esse ciclo de vinganças. Obrigado por tudo Sophie. Com as graças de Deus, você há de ter uma vida muito produtiva – disse Jules, sob forte emoção.

Em seguida, Jules aproximou-se de Francine e de Pierre. Emocionado, ficou bem junto deles, que sentiram a aproximação. Olhou para Sophie com ternura e seguiu com os amigos espirituais, oportunidade em que um deles lhe disse:

– Irmão, você será conduzido a um posto de socorro próximo à nossa colônia e, depois de refeito, será encaminhado. No lugar para onde vai, receberá ensinamentos e será preparado para continuar sua jornada evolutiva.

Os espíritos, quando retornam à sua pátria espiritual, permanecem com todas as percepções, sensações e sentimentos que tinham quando encarnados, pois conservam as suas individualidades, jamais as perdem. Cada um continua a ter um fluido que lhe é próprio extraído da atmosfera de seu planeta, e que guarda a aparência de sua última encarnação: seu perispírito[38].

A cela, onde estavam Francine, Pierre e Sophie, foi invadida por uma luz branca muito brilhante, como se

---

38 *O Livro dos Espíritos* – questão 150.

estivesse acontecendo uma limpeza energética. Depois de alguns minutos de emoção, todos se olharam e não puderam conter as lágrimas. Em seguida, Sophie mais uma vez falou:

– Não sei se puderam perceber tudo o que se passou aqui, mas posso garantir-lhes que uma bênção foi derramada sobre todos.

E voltando-se para Francine:

– Minha tia, peço-lhe que nada conte aos demais. A senhora vai reiniciar sua vida fora destas paredes sombrias e deve animar-se. Nenhum de nós sabe quando deixará este lado da vida, de modo que devemos proceder da melhor forma visando a prática do bem. Tio Jules não morreu, apenas desvencilhou-se de sua indumentária, ou melhor, de seu corpo físico. No lugar para onde foi, deverá ser preparado para prosseguir com sua vida, que jamais se extingue, de vez que todos somos imortais.

– Eu acredito em você – disse Francine, – embora não compreenda, mas sei que com o tempo conseguirei.

– Agora é necessário que a senhora pense em seu amado como ele é; um espírito liberto. Poderá ajudá-lo muito orando por ele. Não chore mais pela sua ausência, não o chame para perto de si, porque, se o fizer, em nada o ajudará. Ao contrário, poderá prejudicar seu adiantamento. Ele concordou em acompanhar os bons espíritos que vinham tentando auxiliá-lo, mas creio que ainda está confuso. Por todos esses motivos, devemos orar muito por tio Jules e pedir que a paz do Senhor esteja sempre com ele – disse Sophie.

– Acho que agora podemos juntar-nos aos outros, não? – falou Pierre.

– Sim, vamos voltar para a sala da madre superiora.

Saíram da cela e, enquanto caminhavam para o gabinete de madre Tereza, Pierre disse a Sophie, em voz baixa:

– Minha querida Sophie! A cada dia de minha vida mais emoção sinto quando estou ao seu lado. Sempre a vi como minha irmãzinha, mas estou feliz porque não a vejo mais assim. Fiquei feliz ao saber que não somos irmãos.

Sophie olhou para Pierre e nada disse, mas as duas gotas de lágrimas que caíram de seus olhos falaram por ela. A fria sala de madre Tereza foi aquecida pela alegria. Até o bispo de Toulon, acostumado com cenas dramáticas, emocionou-se. Sentada, madre Tereza ficou em silêncio.

Rindo muito, Anne dirigiu-se a Francine:

– Certa com a fé em Deus de que a encontraríamos, trouxe algumas roupas para você vestir; não sei se a vestirão bem, mas logo providenciaremos um enxoval completo.

As três mulheres saíram da sala à procura de um local onde Francine pudesse trocar as suas vestes, enquanto Antoine voltava sua atenção para madre Tereza.

– O duque de Labertoux tem vindo aqui?

– Há muitos anos deixou de vir, porém mensalmente envia dinheiro – respondeu madre Tereza.

– A senhora pode continuar a receber o dinheiro, mas não conte o que aconteceu aqui. Para todos os efeitos, a duquesa ainda está mantida em cativeiro. Entendeu? Se lhe der ciência dos fatos ocorridos neste lugar hoje, nós a puniremos severamente.

Deixaram o Convento das Ursulinas para sempre. Antoine sabia que a saída de Francine não seria escondida por muito tempo; todavia, a assustada madre

Tereza não se atreveria a desde logo cientificar o duque de Labertoux.

Francine estava tranquila e confiante ao lado do cunhado e de seu filho. Na viagem de volta a Toulon, Pierre pediu a Sophie que montasse em seu cavalo durante parte do percurso, pois queria usufruir da presença daquela que o gerou e o perdeu. Assim, sentou-se num dos bancos da carruagem entre suas duas mães, Anne e Francine, e segurou fortemente suas mãos, enquanto conversavam alegremente.

Francine quis saber tudo a respeito do filho, no afã de resgatar pela imagem que formava em sua mente cada informação que recebia, tudo o que não pôde usufruir ao longo dos anos.

CAPÍTULO XXII

NOVAS DESCOBERTAS

A FAMÍLIA D'ERCY voltou para Toulon. O bispo de Toulon desceu da carruagem ao chegarem à vila. Pouco tempo depois, foram todos recebidos por madame Justine Fleury em sua residência.

O reencontro com Francine, como se esperava, foi cheio de emoção. Conversaram durante horas, não para falar de sofrimento, mas de todos os momentos felizes que viveram juntas naquela casa.

Maurice, que estava em Paris, retornou e igualmente sentiu grande júbilo com o retorno daquela que lhe deu tanta alegria em sua infância.

Antoine e os demais aquietaram-se na propriedade de madame Justine durante uma semana, para recuperação das energias e para se equilibrarem emocionalmente. Pierre e Sophie aproveitaram a folga para conversarem sobre o relacionamento que entre eles começava a formar-se, completamente diferente daquele que havia quando eram considerados irmãos. Os fatos não acontecem simplesmente, como se não houvesse um planejamento do mundo espiritual. Nem Pierre, nem Sophie, eram filhos de Antoine e Anne, embora assim pensassem, e mais adiante as explicações certamente seriam dadas. Os jovens saíram para passear nos campos que cercavam a mansão. Caminharam em silêncio, dirigindo suas atenções para a bela paisagem. O silêncio foi cortado por Pierre:

– Sophie, acho que devemos conversar com minhas mães – nesse momento sorriu feliz – e com nosso pai, sim, Antoine será sempre meu pai.

– Conversar sobre o quê? – perguntou Sophie, antevendo a resposta.

– Sobre nós dois. Acho que não preciso lhe dizer mais nada, pois desde que soubemos que não somos irmãos, continuamos a sentir amor um pelo outro, amor no melhor dos sentidos, sempre, mas também aquele amor que é nutrido pelas pessoas que querem estar sempre juntas, aquele amor que as completa, amor que as faz desejarem o melhor reciprocamente. É aquela saudade que invade o ser quando está longe do outro. É aquela sensação que inebria, que aquece o outro, a vontade de trocar energia. Sophie, eu sei que a amo e esse amor surgiu desde o primeiro dia em que a vi. Eu quero me casar com você depois que esse drama em que estamos envolvidos tiver fim.

Sophie olhou para Pierre e nada disse. Preferiu colar seu corpo no dele num abraço muito sentido. Em seguida, suas bocas se juntaram pela primeira vez, com ardor, com sofreguidão, com muita paixão. Após o beijo que os estremeceu, os jovens voltaram a caminhar até pararem diante de uma frondosa árvore. Sentaram-se no chão, encostando-se no imenso tronco e passaram a olhar fixamente para o horizonte, descortinando a bela paisagem daquele lugar enriquecido pela generosa natureza.

Adormeceram um apoiado no outro. Cerca de uma hora depois, sentiram uma brisa em seu rosto. Em pé diante deles, estavam Antoine e Anne, que segurava um pequeno galho com algumas folhas, que instantes antes passara em seus rostos.

– Estão cansados? – perguntou Anne.

Pierre e Sophie olharam para o casal e sorriram encabulados. Levantaram-se e de mãos dadas chegaram bem perto dos dois. Pierre respirou longamente como se desejasse encontrar fôlego para falar:

– Pai, mãe, queremos dizer-lhes algo muito importante, mas não sabemos como.

– Faça um esforço. Verá que as palavras surgirão – disse Antoine.

– Mãe, nós nos amamos! – falou Sophie, com desenvoltura.

– O quê? Repita, filhinha – pediu Antoine.

– Vocês sabem que desde pequenos nós somos muito unidos e por isso estávamos sempre juntos. Quando crescemos, passei a sentir ciúme de Pierre quando ele era rodeado pelas moças. Eu não entendia por que sentia ciúme; afinal ele era meu irmão, mas eu sentia e muito. Depois daquela revelação quanto ao nascimento de Pierre, eu entendi tudo. Finalmente estava explicada a razão do ciúme; nós não éramos irmãos. A partir daquele momento meu coração abriu-se completamente para encher-se de amor por ele e nunca mais parou. A cada dia que passava, eu o amava mais. Quando aquele moço avançou em mim em Londres e Pierre me defendeu, percebi que nunca mais deveria ficar longe dele.

– Meu pai! É como se eu e Sophie estivéssemos longe um do outro há muito tempo e definitivamente nos encontrássemos. Depois da descoberta de minha filiação biológica, tudo mudou quanto aos meus sentimentos por Sophie. Ela tem razão. Está explicado por que sempre fomos tão ligados – aduziu, Pierre, apertando a mão de Sophie.

– Meus filhos, nós os amamos e queremos a sua felicidade e assim não faremos oposição à sua união perante Deus e estou falando por mim e por Anne – disse Antoine.

– É verdade, crianças! Eu também estou muito feliz – disse Anne muito emocionada.

– Vocês têm desde já a nossa bênção, mas lembrem-se de que Francine também deve ser ouvida – acentuou Antoine.

– Então vamos correndo falar com ela – disse Pierre entusiasmado.

Os quatro voltaram para a mansão conversando alegremente. Encontraram Justine, Francine e Maurice conversando na varanda. Antoine deu um passo à frente e dirigindo-se a Francine, falou:

– Minha cunhada! Nossos filhos se amam e pediram nossa autorização para se casarem. E você deve ser ouvida.

Francine levantou-se da cadeira e caminhou em direção aos jovens. Sem nada dizer, abraçou-os e beijou-os com muito amor. No íntimo, ainda não acreditava que, depois de tantos anos de sofrimento, encontraria a família de seu querido Jules e o filho muito amado. Todos ficaram em silêncio, presenciando a bela cena. Finalmente, Antoine os interrompeu:

– Estamos todos muito felizes e com a graça de Deus em breve será realizada a cerimônia do casamento, mas antes temos assuntos pendentes a serem resolvidos.

– Por que não esquecemos tudo isso? Agora está confirmada a morte de Jules, mas encontramos Francine. Vamos voltar para a Inglaterra e continuar a viver em paz. De que servirá o Condado dos D'Ercy se alguém perder a vida nessa luta? – disse Anne, demonstrando sua preocupação.

– Minha querida Anne! Não se trata simplesmente de buscar título e propriedade. Trata-se de um princípio de moral e de justiça. O duque Jean de Labertoux matou meu irmão e aprisionou Francine por vinte anos, além de causar-lhe muitos males físicos. Depois, seu filho Jacques, que seguiu seu caminho na seara do mal, tentou igualmente causar danos à nossa família. Entretanto, não vou decidir sozinho. Quero que todos opinem – falou Antoine.

– Meu pai, o senhor tem razão. Trata-se de uma questão de moral e de justiça. Jean e Jacques devem responder por seus crimes. Estou com o senhor – disse Pierre.

– Eu também – arrematou Sophie, abraçando Pierre.

– Estou com medo – disse Francine. – Conheço bem a crueldade de Jean. Ele é capaz de tudo para atingir seus fins maléficos. Estejam certos de que, ao saber que não estou mais enclausurada, virá atrás de mim.

– Você não está mais indefesa, mamãe. Se ele vier, saberemos como recebê-lo – disse Pierre.

– Madame Justine! Vamos procurar um local para ficarmos em Toulon. Não queremos que a senhora sofra mais por nossa causa – afirmou Antoine.

– De modo algum. Não permitirei que deixem esta casa. Vou recomendar a meus empregados que mantenham vigilância constante, evitando assim que sejamos surpreendidos – asseverou Justine.

Enquanto as famílias D'Ercy e Fleury faziam seus projetos, Jacques finalmente tinha conhecimento de que seu plano para raptar Sophie fracassara. Com muita raiva gritou com Marcel e prometeu vingança.

– Onde estão eles agora? —perguntou Jacques.

– Ninguém sabe. Os escoceses fugiram. Talvez tenham voltado para a Escócia. Posso dizer que eles são muito perigosos, tanto o pai como os filhos.

– Os filhos? – interrogou Jacques.

– Sim. Até a moça sabe esgrimir, e muito bem. Foi ela que me feriu – anotou Marcel, apontando as feridas mal cicatrizadas.

– Quero que você investigue. Se não voltaram para a Escócia, nós os encontraremos.

A família D'Ercy estava reunida com madame Justine Fleury em sua casa. Precisavam planejar cuidadosamente o próximo passo a ser dado. Durante a conversa Antoine lembrou-se do filho de Gaston e da promessa que lhe fez. Decidiu, então, que deveriam ir à Normandia. Sua fala foi interrompida pela governanta de Justine, que anunciou a presença de Pablo Avelar.

Imediatamente a velha senhora mandou que entrasse. Segundos depois haveria mais um momento de imensa emoção. Com efeito, ao entrar na sala, Pablo logo reconheceu aquela que lhe tocara os sentimentos.

– Francine! É você!

A duquesa levantou-se e recebeu o abraço amigo de Pablo.

– Oh! Minha doce amiga! Estou envergonhado por não ter sido capaz de defendê-la com minha própria vida – disse Pablo com a voz embargada.

– Madame Justine contou do seu gesto de heroísmo, suportando dores e torturas por minha causa. Eu fiquei muito triste. Não queria sofrimento para ninguém, muito menos para você, meu querido amigo – falou a duquesa.

Antoine fez um breve relato sobre os fatos ocorridos até o encontro com Francine no Convento das Ursulinas. Deixou claro que Pablo teve papel fundamental para a libertação da duquesa, embora muitos anos depois da entrega da carta em Londres. Pablo pediu para integrar o grupo. De alguma forma queria contribuir para a condução de Jean de Labertoux à justiça.

Aquelas pessoas reunidas pelos desígnios do mundo espiritual, fizeram uma retrospectiva de todos os fatos, com a intenção de definir os passos que deveriam dar dali em diante. Tinham certeza de que não seria fácil, mas tudo fariam para atingir os objetivos pretendidos. Havia necessidade de uma viagem à Normandia, para encontrar o filho de Gaston, tendo Pablo se oferecido para realizar a tarefa, enquanto os demais fariam as articulações necessárias para o prosseguimento do plano traçado.

Antes de viajar para a Normandia, Pablo reuniu seus empregados e mandou que alguns deles fossem para a mansão de madame Justine e se integrassem ao grupo de homens designados para fazer a vigilância do lugar.

Novas descobertas ainda estariam por vir. Francine queria que fosse localizado o corpo de Jules a fim de dar-lhe sepultamento digno. Lembrou-se de que naquele dia fatídico no pavilhão de caça, quando Jules foi assassinado diante dela, Jean mandou que seu escudeiro Paul Dumont levasse dali o corpo do conde. E embora as ordens tenham sido dadas sob sussurro, tinha certeza de que Jean mandara Paul dar fim ao corpo. Com essas conclusões, foi até o quarto onde Antoine estava dormindo com Anne e bateu. A porta foi aberta por Anne.

– Entre, Francine – disse Anne.

– Desculpem-me, sei que é tarde, mas estou muito ansiosa para esperar que todos despertem. Acho que podemos localizar a pessoa que sabe onde Jules foi enterrado – informou Francine.

A antiga duquesa falou sobre suas lembranças do dia em que Jules foi morto. Disse que Jean mandara Paul Dumont sumir com o cadáver. Falou ainda do desejo de transferir os restos mortais de seu amado para o pequeno cemitério da família na Normandia. Antoine concordou de pronto.

No dia seguinte, reuniram-se todos na varanda da mansão, quando Antoine falou sobre o pedido de Francine. Pablo já partira para a Normandia, de modo que Maurice, o neto de madame Justine, ofereceu-se para ir a Paris e tentar descobrir o paradeiro de Paul Dumont. Para não levantar suspeitas, deveria agir discretamente.

Chegando à Normandia, Pablo Avelar dirigiu-se ao castelo que fora da família D'Ercy e disse ao guarda que o atendeu, que queria falar com o filho de Gaston. Em resposta, obteve a informação de que ele morrera, vítima de pneumonia havia muitos anos e fora sepultado no cemitério da Vila. Concluiu o espanhol que nada mais havia a fazer naquele lugar e assim retornou para Toulon.

Maurice Fleury foi a Paris e, com a discrição necessária, procurou localizar Paul Dumont. Depois de muito procurar, descobriu que o escudeiro do duque de Labertoux deixara suas atividades e fora morar numa confortável residência doada por seu antigo patrão, nos arredores de Paris. Anotou o endereço a voltou a Toulon.

Dias depois estavam todos reunidos de novo na mansão de Justine. Pablo falou de sua descoberta na Normandia. Os amigos concluíram que o filho de Gaston desencarnara; todavia, a morte não teria ocorrido por força de uma pneumonia, mas sim por assassinato.

Antoine disse:

– Provavelmente Jean o matou quando foi tomar posse do castelo. Duval deve ter resistido de alguma forma e essa oposição causou sua morte. O velho Gaston vai ficar muito triste e culpar-se por não ter procurado ter notícias do filho, mas é lógico que ele não tem culpa de nada, pois, ainda que tentasse, não conseguiria opor-se ao duque de Labertoux.

– Tem razão meu pai – disse Pierre. – A cada dia que passa, meu desejo de vingança aumenta.

– Você não deve nutrir esse desejo – falou Sophie. – A vingança não leva a nada, ao contrário, conduz ao sofrimento. Estou de acordo com sua intenção de recuperar o título que foi de seu pai, assim como as propriedades, desde que não lhe acarrete mal algum. Nossa família tem vivido com dignidade todos esses anos, ou seja, a riqueza material não nos fez falta. De que adianta a vingança, se ela pode trazer por consequência a infelicidade? Que importância deve ser dada aos bens materiais? Se não forem empregados utilmente, de que servirão? De que serve a riqueza, se o seu detentor a usa apenas em benefício próprio, esquecendo os necessitados?

Enquanto a família D'Ercy conversava, Jean, em sua residência em Paris, repreendia Jacques pelo rapto fracassado. Com a confissão de Marcel, ferido pelo florete de Sophie, foi revelada a participação de Jacques.

– Você estragou tudo! Perdi a oportunidade de celebrar bons negócios com William Stuart. Como ele confiará em mim, sabendo que meu filho raptou a mulher dele? Por sorte, eles deixaram Paris. Provavelmente voltaram à Escócia.

– Eu sei que perdi a cabeça, mas queria muito aquela menina – disse Jacques.

– Você é um louco com esses desejos sexuais! Já lhe disse antes, mas você não aprende. Suma da minha frente! – ordenou o duque.

Os obsessores do duque compraziam-se com sua raiva. Pouco a pouco vinham induzindo Jacques à prática de atos perniciosos, porque dessa forma o atingiam indiretamente. Do ambiente sombrio na residência, decorrente da baixa sintonia que envolvia seus moradores, com exceção de Françoise, concluía-se que havia um clima excelente para a atuação de seres trevosos.

Preocupada com a reação de Jean quando soubesse do resgate de Francine, principalmente se lhe fosse escondido, a madre superiora do Convento das Ursulinas, embora muito temerosa, apressou-se em dar-lhe a notícia, o que fez pessoalmente indo a Paris.

Aquele foi mais um dia de irritação para o duque de Labertoux. Desde aquele dia em que Jules finalmente conseguira evitar que violentasse a duquesa, Jean nunca mais voltou ao convento. Mensalmente enviava dinheiro à madre superiora por um portador para que mantivesse Francine sob sua rigorosa guarda.

O resgate de Francine foi para Jean o maior golpe recebido ao longo de anos. Jamais imaginou que ela pudesse deixar o convento viva e assim despejou todo o seu ódio sobre madre Tereza, estrangulando-a. Como fizera anteriormente com Jules, mandou Paul Dumont ocultar o cadáver, ordem que foi cumprida desde logo. Embora já "aposentado", vez por outra o duque o convocava para algum "trabalho". Mais um crime para o duque adicionar à sua bagagem.

Paul Dumont já ultrapassara a meia-idade, mas continuava lépido quando se tratava de fazer o trabalho sujo de seu patrão. Sentia-se muito agradecido ao duque pelo que havia recebido por sua cumplicidade. Ganhara de presente uma bela casa perto de Versalhes, onde vivia com sua mulher e um filho. E periodicamente recebia prêmios em moedas de ouro.

Naquela manhã de domingo foi chamado à casa de seu benfeitor.

— A duquesa fugiu novamente do convento, agora com o auxílio de terceiros. Quem poderia estar interessado no bem-estar de uma pessoa enclausurada num convento?

– Talvez um parente – arriscou Paul.

234 | JORGE SINCORÁ DOS SANTOS

– Não pode ser. Os pais de Francine morreram quando ela era ainda jovem. Ela não tem irmãos e nenhum outro parente próximo. Madre Tereza disse que ela foi libertada por ordem do bispo de Toulon, que estava acompanhado por dois homens e duas mulheres. Quem eram essas pessoas? Qual seria o interesse do bispo de Toulon?

– Espere, patrão. O senhor disse Toulon? Não se lembra? Quando recuperamos a duquesa, ela tinha acabado de deixar a casa daquela aristocrata que ameaçamos. Havia também aquele espanhol que torturamos.

– Tem razão. Parece que agora tudo faz sentido. Aquela mulher ou o menino que estava com ela, que, se ainda estiver vivo, já é um homem, podem ter pedido a ajuda do bispo de Toulon. E ainda há o tal espanhol.

– É verdade! Mas aquela velha já deve estar com uns 80 anos.

– E o que importa sua idade? Ela poderia perfeitamente viajar. Todavia, seriam ela e o rapaz, mas eram quatro pessoas com o bispo. Quem seriam?

– A madre não descreveu as pessoas? —perguntou Paul.

– Não. Eu não pedi que as descrevesse – disse Jean.

– O senhor pretende mesmo perseguir a duquesa? – perguntou Paul.

– Sim. Quero mantê-la presa até o fim de seus dias. Escute: antes de mais nada precisamos nos proteger pelo assassinato de madre Tereza. Você já enterrou o corpo? – perguntou Jean.

– Ainda não! Ia fazê-lo hoje, mas não se preocupe. Ela está bem escondida – respondeu Paul.

– Está na época de enviar dinheiro para o convento. Você vai sumir com o corpo e em seguida irá para Loudun. Lá chegando, procure madre Tereza. Quando disserem que ela está fora, deixe o dinheiro com alguém que responda pelo convento na sua ausência. Pergunte quando ela retorna – orientou Jean.

Paul seguiu as instruções de Jean. Uma das freiras disse-lhe que a madre viajara e que dissera apenas que ia visitar um parente fora de Loudun. Paul não entendeu por que ela não informou para onde ia, mas esse fato veio ao encontro dos planos do duque, porque ninguém ia ligar sua ausência à pessoa de Jean de Labertoux.

Paul voltou a Paris e deu a boa notícia ao duque, que mais confiante resolveu dar seguimento ao projeto que visava enclausurar Francine mais uma vez.

– Precisamos agir com muita calma. Não vamos atacar de novo a casa da aristocrata. Você vai mandar um dos homens de nossa confiança a Toulon para investigar. Deve rondar a mansão sem ser percebido – ordenou Jean.

– Entendi. O senhor quer conhecer todos os movimentos que fizerem na casa – disse Paul.

– Isso mesmo – confirmou o duque.

– Marcel disse que o senhor e Jacques querem localizar aqueles escoceses. Vamos continuar a fazer as diligências? —perguntou Paul.

– Diga a Marcel que cuide disso. Para mim William Stuart é apenas uma possibilidade para ganhos financeiros, que talvez não se concretize. Acredito mesmo que voltou para a Escócia com a família. Para mim, pôr as mãos em Francine é mais importante – arrematou o duque.

Françoise, ao perceber que Paul conversava com seu sogro na biblioteca, posicionou-se para ouvir, agora adotando as cautelas para não ser surpreendida, como ocorrera anteriormente. Ao ouvir o nome de Francine, seu coração disparou. Uma alegria quase incontida a invadiu, quando ouviu sobre a fuga da amiga, mas em seguida encheu-se de preocupação com a possibilidade de Jean aprisioná-la mais uma vez.

Precisava organizar suas ideias para ajudar a amiga. Saiu dali cuidadosamente para não ser percebida. Caminhou até o seu quarto e parou junto à janela. Enquanto olhava para a rua, sua mente trabalhava. Finalmente, veio-lhe a ideia; sabia agora que Francine estava em Toulon e para ir ao seu encontro precisava da ajuda de seus pais.

Resolveu, então, dizer a Jacques que iria passar alguns dias no baronato do pai. A vontade de Françoise foi ao encontro dos planos do marido, ainda envolvido com o problema causado pelo rapto de Anne Stuart, pois queria ele de todas as maneiras localizar aquela família que desaparecera repentinamente.

* * *

No dia seguinte, Françoise foi visitar os pais, com os quais ficaria alguns dias. Sua mãe ficou feliz com a visita, porque raramente a via. Mãe e filha conversaram longamente no afã de matarem as saudades.

Disse-lhe a mãe, enternecida:

– Minha filha. Lamento muito que não nos vejamos com frequência, mas parece que seu marido não a quer longe dele. Como eu ficaria feliz se vocês nos dessem um neto.

– Muitos anos já passaram desde o meu casamento. Ademais, a maternidade é linda quando resulta de um ato de amor, mas meu marido não é o homem que amo. Casei com ele porque vocês me forçaram – resumiu, com tristeza.

– Você está inconformada sem razão. Não acha que já é tempo de parar com isso? É natural que os pais escolham os maridos para suas filhas. Não entendo sua revolta. Os Labertoux são muito ricos e propiciam-lhe uma vida faustosa – disse a mãe de Françoise.

– Não quero falar sobre meu casamento, minha mãe. Preciso ir a Toulon visitar uma freira do Convento das Ursulinas por quem nutro muito carinho. Ela escreveu-me dizendo que iria passar alguns dias na casa de amigos. A senhora pode pedir a Gisele, sua dama de companhia, para acompanhar-me? – pediu a filha.

A mãe de Françoise concordou com seu pedido e, assim, após os preparativos para a viagem, a antiga noviça partiu para Toulon cheia de esperança.

O reencontro daquelas duas almas afins foi emocionante. Abraçaram-se, deixaram algumas lágrimas descerem e depois riram muito. Nenhuma das duas pensava que voltariam a reencontrar-se. Aquele foi um momento de muito júbilo para ambas.

Francine apresentou a amiga a todos e logo depois Françoise disse que precisava conversar com a amiga em particular, olhando para Gisele. Justine percebeu o discreto sinal e pediu a todos para saírem da sala. Maurice olhou para Gisele e convidou-a para um passeio no jardim.

Françoise contou à amiga tudo o que extraíra da conversa de Jean de Labertoux com Paul Dumont e concluiu:

– O duque não desistiu de você. Tentará tudo o que puder para lhe fazer mal.

– Jean é um homem doente. Eu acredito firmemente que todos nós vivemos muitas vidas, e Jean, assim como Jules, já esteve comigo em outras existências. Há muitos anos contei a Jules sobre um sonho que tinha quase todos os dias e nesse sonho eu, Jules e Jean estávamos sempre juntos, sendo que Jean me perseguia tenazmente – disse Francine.

– Eu não compreendo essas coisas, mas se você tem tanta certeza... – ponderou Françoise.

– Tenho sim. O mesmo ocorre em relação a você, pela amizade que nutrimos uma pela outra, apesar de termos ficado distantes tanto tempo. Nós viemos para esta vida com algum compromisso. Sou pouco mais velha que você e, por não haver muita diferença de idade, damo-nos muito bem. Você notou que está sempre me ajudando?

– Eu a amo como se fosse uma irmã muito querida – falou Françoise com carinho. – Estou muito feliz por você, principalmente por constatar que encontrou seu filho, mas precisamos voltar a falar do motivo de minha vinda a Toulon. Vocês precisam se proteger – alertou.

As amigas voltaram à realidade e chamaram apenas Antoine, para não despertarem a curiosidade de Gisele, que recebia todas as atenções de Maurice. Antoine entrou na sala e, depois de ouvir todo o relato de Françoise, falou:

– Precisamos avistar-nos com o rei, mas não sei como.

– Antoine! É preciso agir com rapidez. Em breve Paul Dumont vai fazer vigilância sobre esta casa. Acho que meu pai pode conseguir uma audiência com o rei – disse Françoise. – Papai adora ser nobre e rico, mas também é um homem justo. Acho que, se conhecer a verdade sobre o drama da família D'Ercy, vai ajudar. É preciso que você vá comigo ao baronato – disse Françoise.

– De acordo. Vou com você até seu pai. Podemos partir ainda hoje para Paris.

Antoine reuniu os amigos e disse-lhes que acompanharia Françoise até a casa de seus pais. No mesmo dia partiram. A viagem transcorreu praticamente em silêncio. Gisele, sentada ao lado de Françoise na carruagem, olhava para a expressão taciturna do rosto de Antoine sem nada entender.

"Por que expressão tão séria?" – perguntava-se.

Enquanto Françoise e Antoine viajavam, Paul Dumont chegou a Toulon e foi direto às proximidades da mansão de madame Justine Fleury. Procurou um local onde pudesse divisar toda a área da residência, passando a observar atentamente a movimentação e não teve dificuldades para constatar que a casa estava fortemente protegida.

"A duquesa deve estar escondida ali, o que explica a presença de tantos homens armados em torno de toda a área. Não vai ser fácil tirá-la dali sem barulho" – pensou.

Antoine e Françoise chegaram ao baronato, sendo recebidos pelo barão e pela baronesa.

– Você veio acompanhada – disse a baronesa.

– Mamãe, papai! Este é Antoine D'Ercy, filho do falecido conde Pierre D'Ercy. Ele e sua família precisam de nossa ajuda – pediu Françoise.

240 | Jorge Sincorá dos Santos

– Vamos entrar e dar as boas-vindas ao *monsieur* D'Ercy – disse o barão educadamente.

Antoine foi conduzido a um amplo salão da bela casa assobradada, sendo convidado a sentar num confortável sofá. Instantes depois, passou a narrar a odisseia da família D'Ercy. Terminada a narrativa, o pai de Françoise assim se expressou:

– Os fatos que o senhor narrou são gravíssimos e, se inteiramente verdadeiros, comprovam os boatos em torno da pessoa de Jean de Labertoux. Fala-se muito a respeito de seu comportamento, no mínimo tempestuoso, envolvendo conquistas amorosas, duelos e negócios escusos, mas ninguém comprova. Afinal, boatos são boatos, e na Corte são estimulados.

– No que tange à minha família, há provas suficientes, inclusive da artimanha do duque para ganhar o Condado D'Ercy – respondeu Antoine. – Mas nada podemos fazer sem a intervenção do rei.

– Se o senhor afirma que há provas, farei todo o possível para que haja a entrevista com nosso rei. Por outro lado, o senhor também sabe que todos os envolvidos, inclusive as testemunhas, deverão estar presentes. E se o duque souber antecipadamente, tudo fará para evitar a audiência. Vocês correrão perigo mortal. Sugiro que o senhor fique hospedado nesta casa até que eu fale com o rei – disse o barão.

– O senhor acha que poderá falar com o rei nos próximos dias? – perguntou Antoine.

– Acredito que sim. Procurarei ser o mais discreto possível. Como se costuma dizer, no palácio há mil olhos e mil ouvidos, e se alguém perceber alguma coisa, irá contar ao duque. Devo lembrar-me de que sou sogro do

JULES & FRANCINE – UM AMOR ALÉM DA VIDA | 241

filho dele, de modo que procurarei marcar a entrevista e em seguida sair de cena.

– Tudo bem, barão. Não quero que sejamos causadores de danos para o senhor e para sua família.

* * *

Paul Dumont voltou de Toulon e avistou-se com Jean de Labertoux para dar conta de sua viagem. Contou que a mansão de madame Justine Fleury estava fortemente protegida por homens armados, o que confirmava praticamente a presença de Francine naquele lugar.

Jean concluiu que não seria prudente atacar a mansão, pois o tiroteio chamaria a atenção. Precisava agir sorrateiramente. Mas como? Com certeza Francine não colocaria os pés fora da casa desacompanhada.

Depois de algumas reflexões, decidiu que Paul e seus homens fariam uma tocaia na estrada que dava acesso à moradia. Em algum momento teriam que sair dali e, então, seriam atacados. Paul lembrou-lhe que, se houvesse um tiroteio na estrada, Francine poderia ser atingida por uma bala, mas Jean não se importou.

– Não me importo mais. Eu a quero viva e enclausurada até o último de seus dias, mas, se não for possível, que morra logo. Eu não satisfarei meus anseios de vê-la presa, mas ela não pertencerá a mais ninguém. Só a morte a libertará de mim.

Não foi difícil para o pai de Françoise entrevistar-se com o rei, que gostava da presença dos membros da nobreza no palácio, principalmente aqueles que o bajulavam. Certo é que o barão de Belfort não estava incluído entre os bajuladores, mas o monarca simpatizava com ele.

– *Sire!* Há uma família de nobres escoceses na cidade, que gostaria muito de uma audiência com vossa majestade. *Sir* William Stuart diz que tem importantes revelações a fazer – informou o barão.

– Que revelações? – perguntou o monarca.

– Não sei. Ele fez silêncio a respeito. Disse que somente fala com vossa majestade.

O modo como o barão de Belfort se expressou, despertou a curiosidade de Luís XIV. Que revelações importantes poderia trazer um nobre estrangeiro? Qual o motivo de sua vinda à França? Decidiu marcar a audiência, mas como previra o barão, a notícia chegou ao duque de Labertoux por intermédio de uma dama da corte.

O barão de Belfort voltou à sua residência e deu a boa notícia a Antoine. A audiência com o rei teria lugar dentro de duas semanas, duas horas antes da abertura do baile de comemoração de mais um aniversário da rainha.

– O rei Luís preferiu marcar a audiência duas horas antes do baile da rainha, para que o nobre escocês e sua família possam participar das festividades – disse o barão sorrindo.

– Muito bom – comemorou Antoine, satisfeito.

– Há mais uma coisa – atalhou o barão. – O rei quer que eu e a baronesa estejamos presentes. Como haverá o baile, acho que o duque também estará no palácio. O fato é que Jean de Labertoux saberá que eu intermediei esse encontro, mas não importa.

– Tem razão, barão. Ainda que haja riscos para o senhor, vamos lembrar que estamos com a verdade – disse Antoine.

Em sua casa, o duque de Labertoux chamou o filho e contou-lhe sobre a entrevista do escocês com o rei Luís. O que pretenderiam? —perguntou-se.

– O senhor disse que a entrevista foi marcada por meio do meu sogro. Não é estranho? – indagou Jacques.

– Não penso assim. Seu sogro deve ter interesses financeiros envolvidos. William Stuart circulou por Paris e deve ter conseguido aproximar-se dele – raciocinou o duque.

– E o rapto da mulher dele? Isso me preocupa – disse Jacques.

– Note que William e seus familiares desapareceram. Se sua meta fosse a vingança, acho que já teriam nos procurado. Penso que *sir* William é um homem extremamente ambicioso e sua ambição afasta qualquer desejo de vingança, se puder locupletar-se de algum modo.

– A não ser que ele tenha preferido aguardar, ou seja, depois que realizar o que pretende em termos materiais, procurará ajustar contas comigo – falou Jacques, hesitante.

– Pode ser, pode ser. O importante é ficarmos prevenidos. A audiência acontecerá antes do baile da rainha. Vamos chegar ao palácio mais cedo. Sua mulher esteve com os pais. Verifique com cuidado se ela sabe de alguma coisa – ordenou o duque.

Jacques deixou o pai e foi ao encontro de Françoise, que tocava piano na sala de estar. Aproximou-se dela sorrindo e perguntou:

– Querida, você ainda não me disse como estavam seus pais. Correu tudo bem lá?

– Foi tudo ótimo. Eu e mamãe conversamos muito — respondeu Françoise.

– Seu pai recebeu a visita de uns escoceses?

– Como sabe? – perguntou Françoise, mostrando-se surpresa.

– Em Paris as notícias correm.

– De fato, um senhor esteve com meu pai. Disse que era escocês. Não sei sobre o quê falaram – confirmou a jovem esposa.

Como o barão de Belfort dissera, a notícia da entrevista com o rei poderia ser divulgada, e assim preveniu seus familiares. Não poderiam negar que ele estivera em companhia de Antoine na presença do rei.

Depois de falar com a mulher, Jacques comunicou ao pai o resultado da conversa.

– Então é isso mesmo. O escocês deve estar negociando com o barão, e talvez a audiência com o rei tenha alguma relação. Se há no ar a possibilidade de ganho financeiro, não posso estar ausente. Vamos chegar mais cedo ao baile. Quero estar por perto na ocasião. Diga a Paul que mande Marcel substituí-lo na vigilância da casa onde Francine está escondida, visto que posso precisar do Dumont aqui em Paris – recomendou o duque.

– Está bem, meu pai. Francine pode tentar deixar a França a qualquer momento, como o fez anteriormente. Os homens devem colocar-se à margem da estrada que leva a Toulon, onde ela poderá embarcar em uma carruagem com destino a Dover.

– Paul já recebeu essa instrução – adiantou Jean.

– Eu sei! Mas é preciso deixar Marcel bem instruído a respeito. Ele não vai gostar de ir a Toulon, pois seus ferimentos não cicatrizaram totalmente – observou Jacques.

– Goste ou não, ele vai substituir Paul para a execução da tarefa. E não poderá falhar – insistiu o pai.

Os membros da família D'Ercy e seus amigos prepararam-se para a entrevista com o rei. Tudo foi repassado, inclusive a noite em que Jean de Labertoux invadiu as casas de Pablo Avelar e de Justine Fleury. Pablo jamais esquecera aquela noite terrível em que foi impiedosamente torturado.

Foi providenciada uma carruagem para madame Justine, Francine, Anne e Sophie. Os demais, Antoine, Pierre, Pablo e Maurice, fariam a escolta, montados em seus cavalos.

No dia marcado para a viagem, aquelas pessoas cheias de esperança por justiça partiram. Chegando à margem da estrada para iniciar o trajeto, Sophie teve uma sensação de angústia. Fechou os olhos por alguns instantes, e em seguida abriu a portinhola que fazia ligação com a boleia da carruagem e falou:

– Cocheiro! Por favor, pare!

O cocheiro obedeceu e parou a carruagem. Os cavaleiros aproximaram-se, e Antoine perguntou ao cocheiro:

– Por que parou?

– Ordens de *mademoiselle* Sophie – respondeu.

– O que houve, minha filha? – quis saber Antoine.

– Papai... Não devemos ir por esta estrada. Não é segura.

– Não estou entendendo. Por que pensa assim? O que está acontecendo?

Pierre interrompeu o pai, dizendo que ele devia confiar em Sophie. Se ela estava com algum pressentimento ruim, seria bom ouvi-la. Sem entender exatamente o que estava acontecendo, Antoine perguntou a Pablo se havia outro caminho para Paris sem viajar por aquela estrada. O espanhol disse que poderiam contornar Toulon para depois irem por outra estrada. Para isso deveriam tomar o caminho que conduzia à sua casa. Dali fariam o percurso pelo extenso vale por onde ele e Francine costumavam cavalgar. Antoine consultou os demais, que concordaram.

Assim, Sophie, recebendo a intuição de seus amigos espirituais, evitou que fossem surpreendidos na emboscada preparada por Marcel. E, então, seguiram viagem.

CAPÍTULO XXIII

O AJUSTE

FINALMENTE CHEGARA A noite em que seria comemorado o aniversário da rainha da França. A nobreza, como sempre acontecia naquelas ocasiões, estava em polvorosa. Homens e mulheres escolhiam seus trajes, com a intenção de esbanjar elegância. Todos sabiam que as festas promovidas pelo rei Luís XIV primavam pelo luxo.

Em sua residência, Jean de Labertoux, com um frenesi que não conseguia esconder, pressionava o filho e a nora para saírem logo. Entretanto, Françoise sabia que o grupo de Francine precisava chegar antes, sob pena de o duque não ser surpreendido.

Assim, sua lentidão começou a partir do banho. Primeiro disse que a água não estava bem aquecida; depois, retardou o mais que pôde a escolha do vestido, e, finalmente, demorou-se muito com a maquiagem. Nervoso, Jean andava de um lado para outro no salão principal da imensa moradia.

– As mulheres são todas iguais. Atrapalham sempre – disse, contrariado.

E voltando-se para o filho.

– Jacques... Não vou esperar mais. Vá buscar Françoise.

A demora de Françoise foi providencial, pois Antoine e seus amigos chegaram ao palácio do rei cerca de 50 minutos antes de Jean, de modo que puderam aguardar com certa tranquilidade a chamada para adentrar a Sala do Trono.

Com exceção de Justine Fleury, todos ficaram surpresos quando viram o bispo de Toulon em traje de gala, aguardando na antecâmara. Ao seu lado estavam o barão e a baronesa de Belfort. Justine apressou-se em esclarecer:

– Senhores, pedi ao bispo de Toulon para mais uma vez auxiliar-nos. Ele participará da audiência com nosso rei.

– Instantes depois foram convocados à presença do rei. Sentado no trono estava Luís XIV e, ao seu lado, a rainha. Aqueles súditos ávidos para testemunhar finalmente a realização da justiça, entraram respeitosos e se inclinaram diante dos soberanos. O rei olhou para o barão de Belfort e disse:

– Barão de Belfort! O senhor disse que aqui estaria uma família escocesa, mas vejo também o bispo de Toulon e outras pessoas.

– Perdoe-me, alteza, mas a presença destas pessoas era indispensável. Ouso pedir a vossa majestade que mande entrar também o duque de Labertoux e seu filho. Eles já devem estar no palácio para participar do baile. Ah! Sim... Que lamentável equívoco! Não cumprimentamos nossa rainha pelo seu aniversário – desculpou-se o barão, elegantemente.

– Considere feito o cumprimento, barão – falou a rainha. – Mas, continue... Pois o senhor despertou minha curiosidade, trazendo todas essas pessoas à nossa presença. E ainda pede para vir o duque de Labertoux...

– Mil perdões, majestade – desculpou-se outra vez o barão de Belfort.

– Por que o senhor quer a presença do duque? – perguntou o rei.

– Ele tem relação com tudo o que será dito aqui perante vossa majestade – respondeu o barão.

– Que seja! Espero que não estejam preparando algo inusitado. Capitão Clermont! Vá buscar o duque de Labertoux e sua família.

Clermont, o capitão dos Mosqueteiros, imediatamente saiu da Sala do Trono e retornou minutos depois acompanhado por Jean e Jacques de Labertoux e por Françoise. Ao deparar-se com Francine, Jean ficou atônito, e não conseguiu esconder a surpresa.

– Você?! O que faz aqui ao lado de *sir* William Stuart? Quem são essas pessoas?

– Fique em silêncio! – falou o rei com sua autoridade. E virando-se para o barão: – Barão de Belfort! Exijo que comece a falar imediatamente. Não estou gostando do que estou vendo!

– Vou falar, *sire*. A partir de agora serão feitas muitas revelações. Peço que mande seus mosqueteiros ficarem a postos, porque receio que as reações sejam péssimas, violentas mesmo – advertiu.

Com um sinal do rei, o capitão Clermont posicionou os mosqueteiros. Barão de Belfort pediu que Antoine D'Ercy fizesse as apresentações.

– Majestade, peço perdão pelo fato de o barão não ter declinado nossos verdadeiros nomes ao pedir esta audiência, mas a intenção não era de enganá-lo e sim de preservar nossa segurança – falou Antoine.

– Depois veremos – disse o monarca. – Fale, *sir* William.

– Meu verdadeiro nome é Antoine D'Ercy, filho do conde Pierre D'Ercy.

Ao ouvir o nome pronunciado, Jean não escondeu sua ira e tentou caminhar na direção de Antoine, mas foi detido pelos guardas do rei.

Antoine prosseguiu:

– Como disse, sou Antoine D'Ercy, e estes são meu sobrinho Pierre; minha filha, Sophie, e minha mulher, Anne. Os demais são madame Justine Fleury; seu neto, Maurice, e o bispo de Toulon, que vossa majestade muito conhece. Aquele é *monsieur* Pablo Avelar. Aquela é a duquesa de Labertoux!

A surpresa tomou conta dos monarcas. Jean de Labertoux não acreditava no que via. Muito nervoso, manifestou-se:

– O que está acontecendo? Por que a duquesa de Labertoux está com essa gente? Exijo explicações!

– Como ousa fazer exigências na presença do rei? – falou o monarca, com toda sua autoridade. – Fique em silêncio, duque!

Antoine D'Ercy continuou sua narrativa:

– Há pouco mais de vinte anos o duque de Labertoux matou meu irmão e aprisionou a duquesa no Convento das Ursulinas, onde ficou todos esses anos, até que a libertamos com a ajuda do bispo de Toulon.

– É verdade, majestade. A duquesa de Labertoux estava enclausurada no Convento das Ursulinas e vivia em péssimas condições – confirmou o bispo.

– O fato é que meu irmão Jules manteve um romance com a duquesa. Quando o duque de Labertoux, em licença dada por seu comandante nos campos de batalha da Áustria, veio a Paris, tudo lhe foi revelado; entretanto, ele recusou-se a perdoá-los e assim matou o conde D'Ercy num duelo desigual, com o auxílio de seu escudeiro Paul Dumont. E em seguida levou a duquesa para o citado convento. O escudeiro enterrou o corpo de Jules em um local secreto. Após a prática do ato criminoso, voltou para a guerra, vindo posteriormente a reclamar o Condado D'Ercy, no que foi atendido por vossa majestade.

– Eu me lembro perfeitamente. O duque de Labertoux afirmou que a duquesa fugira com o conde D'Ercy. E como não tivesse descendentes, reclamou as propriedades como prêmio por sua participação na guerra com a Áustria – acrescentou o monarca.

– Afirmo que as alegações do duque eram falsas. A duquesa de Labertoux pode confirmar com suas próprias palavras. Ela foi a maior vítima – disse Antoine.

Francine fixou seus olhos em Jean de Labertoux e começou a falar com muita emoção:

– O duque de Labertoux, num duelo desigual, matou Jules D'Ercy diante de mim, e mandou seu lacaio esconder o corpo. Depois, levou-me para o Convento das Ursulinas, onde fui enclausurada. Sei que eu e Jules D'Ercy erramos, o que nos fez pedir perdão ao duque, mas ele resolveu castigar-nos severamente.

Naquele momento, Pierre D'Ercy interrompeu sua mãe, olhando com ódio para o duque:

– Duque Jean de Labertoux, o que você não sabe é que eu nasci do amor de Jules e de Francine. Sim! Eu sou filho deles. E você é um assassino, ladrão, mentiroso e usurpador e vai ser castigado por mim!

Mais uma vez Jean de Labertoux espantou-se:

– Eles tiveram um filho?!

– Tiveram, seu canalha! – falou Pierre.

Antoine D'Ercy pediu a Pierre que se calasse, e retomou o relato:

– Devo dizer também que Jacques de Labertoux raptou minha esposa Anne. Graças a Deus, conseguimos salvá-la.

Madame Justine Fleury pediu ao rei para falar, no que foi atendida:

– Majestade! Esse homem, Jean de Labertoux é um monstro. Há muitos anos, quando perseguia a duquesa, invadiu a propriedade de *monsieur* Pablo Avelar e o torturou. Depois, foi à minha casa e ameaçou a mim e ao meu neto com suas armas. Ele estava tão certo de sua impunidade, que não fez questão de esconder seu rosto cruel.

– Eis a razão da presença destas pessoas. Havia necessidade de relatarem tudo o que aconteceu. O duque de Labertoux praticou muitos crimes. Há também a suspeita de ter assassinado o filho de meu mordomo na Normandia, mas lamentavelmente este fato não podemos provar – observou Antoine. – E mais: tenho aqui os documentos que provam a filiação de Pierre, assinados pelo conde D'Ercy. Humildemente peço que os examine.

Antoine entregou ao capitão Clermont os documentos que lhe haviam sido entregues pessoalmente por Gaston quando chegou à Inglaterra trazendo Pierre. O rei os examinou e disse:

– Parece que são autênticos.

– São autênticos, *sire*. Jules os preparou e os assinou na minha presença e eu posso afirmar que Pierre é nosso filho, meu e de Jules D'Ercy – asseverou Francine.

Pierre D'Ercy aproximou-se respeitosamente do rei, inclinou-se e pediu:

– Meu rei! Eu sou uma das vítimas de Jean de Labertoux e peço que me seja dada a oportunidade de obter a devida reparação pela espada, em duelo com o canalha. Quero punir o duque pela morte de meu pai, pelo castigo imposto à minha mãe, Francine. E também quero punir Jacques de Labertoux pelo rapto daquela que muito amo e que é também minha mãe.

– Um momento – interrompeu, Antoine. – Pela ofensa de Jacques de Labertoux à minha mulher, a punição deve partir de mim e não de meu sobrinho.

– Senhores! O duque de Labertoux e seu filho são famosos há anos pelo uso da espada. São os melhores espadachins da França – preveniu o rei.

– Da França, talvez. Mas nós não moramos na França – disse Pierre, com um sorriso irônico.

– O que diz, duque Jean? As provas contra você são contundentes. Você e Jacques estão dispostos a lutar? – indagou Luís XIV.

– É claro que aceitamos o desafio – respondeu Jean, confiante.

– Um momento, *sire*! Peço que mande prender Paul Dumont. Somente ele sabe onde está sepultado o cadáver de Jules – pediu Antoine.

O monarca concordou e mandou que fosse efetuada a prisão de Paul Dumont. Em seguida dirigiu-se a todos com sua voz ressonante:

– Concordo com o duplo duelo. Que seja imediato! Vamos para a sala de armas do Palácio. O baile pode esperar. Irá conosco, minha rainha?

A rainha concordou. Em seguida, todos foram para a sala das armas. Os reis à frente, caminhavam altivos. Os mosqueteiros que compunham a sua guarda seguiram juntos. Francine e Anne estavam apreensivas, ao contrário de Sophie, que, em seu rosto, estampava confiança.

Na sala de armas eram feitos treinamentos e exibições, de modo que nela havia lugares em sua lateral direita, destinados a expectadores, e, à frente, duas cadeiras com espaldar alto, contendo na sua parte superior uma pequena escultura de madeira representando o símbolo da França, o mesmo estampado em sua bandeira. Nelas sentaram-se o rei e a rainha.

O capitão da guarda ofereceu as armas aos que iam duelar, mas cada um preferiu usar a sua. Do lado de fora da sala, atraídos pelo movimento, estavam vários nobres que já haviam chegado ao palácio para o baile.

Após os duelistas se colocarem na clássica posição, o rei mandou que dessem início ao duelo. Fez-se silêncio total. Os adversários faziam movimentos lentos, cada um estudando o seu oponente. As espadas mal se tocavam. Em pouco tempo eles ocuparam espaços diferentes na imensa sala.

Pierre foi o primeiro a falar, olhando fixamente para o duque de Labertoux:

– Jean de Labertoux, há vinte anos você assassinou meu pai, um homem pacato. Aquele duelo foi uma covardia, pois você sabia que Jules nem mesmo sabia como empunhar uma espada, mas agora, tudo é diferente e logo perceberá quando sentir a lâmina de meu florete!

Num gesto rápido, Pierre avançou e cortou o rosto do adversário e ato contínuo colocou-se novamente em guarda. Jean passou a mão no rosto e sentiu o sangue escorrendo. Olhou para o rapaz com ódio e partiu para o ataque, sendo repetidamente repelido com leves toques, até que, em nova investida, Pierre raspou seu florete no braço esquerdo de Jean, que o sentiu queimar.

A partir dali Pierre passou a atacar impiedosamente. As pernas do oponente, já vencidas pelo tempo, mal conseguiam manter-se firmes. Jean continuava sendo um excelente espadachim, mas, para vencer, precisava atacar com golpes rápidos. Contudo, Pierre os aparava com tranquilidade e contra-atacava com maestria.

No outro lado do salão, Antoine e Jacques cruzavam suas espadas furiosamente, até que o primeiro alcançou o ombro do segundo trespassando-o. Jacques, sentindo muita dor, ainda tentou atacar, mas foi repelido e, finalmente, desarmado. Antoine encostou a espada no seu peito e, assim ficou, parado, olhando-o fixamente nos olhos.

Pierre prosseguia enfurecido, mas mantendo toda a sua coordenação e habilidade. E, imediatamente após cortar o outro lado do rosto do adversário, desarmou-o com um sutil toque de seu florete.

Rapidamente, chegou perto de Jean, mantendo distância de seu florete. Era o momento do ajuste final. Sangue por sangue, pensava. Aquele monstro devia morrer. Preparava-se para penetrar-lhe seu florete à altura do coração, quando Francine e Sophie correram em sua direção.

Francine foi a primeira a falar:

– Por favor, meu filho, não o mate. Precisamos pôr fim a esse ódio!

Sophie a interrompeu:

– Meu amor, se você o matar tudo continuará. Se você vingar seus pais, matando aquele que foi o algoz de ambos, não haverá paz. É preciso acabar com tudo isso agora. Jules está aqui ao lado de Francine e também está pedindo. Ele está dizendo que perdoa Jean e espera que ele também o perdoe.

Pierre olhou para Francine e, depois de instantes de hesitação, embainhou seu florete. Virou-se e percebeu que Antoine derrotara Jacques. Nisso, Jean deu um salto e apanhando sua espada atacou o jovem pelas costas, mas uma bala disparada pela pistola do capitão da guarda do rei derrubou-o antes que atingisse Pierre. O duque de Labertoux tombou.

Sophie agasalhou-se nos braços do amado e o beijou ardentemente, sob os olhares de todos. Olhando em torno, a jovem percebeu seu gesto afetuoso e, inclinando-se, desculpou-se com os monarcas. O momento era de júbilo, apesar de ter ocorrido uma morte no salão da corte. Jacques prostrou-se junto ao pai e abraçou-se ao cadáver.

O espírito Jules, acompanhado por dois amigos espirituais, olhou para Francine e para Pierre com júbilo.

Agora prosseguiria seu caminho em paz. Seu lugar era do outro lado da vida. E seus entes queridos deveriam prosseguir suas trajetórias no mundo denso. "Um dia, quem sabe, haveria o reencontro", pensou.

Paul Dumont foi preso e confessou todos os crimes cometidos em cumplicidade com Jean de Labertoux. Antes de ser condenado à prisão, conduziu a família D'Ercy ao lugar onde sepultara Jules, cujos restos mortais foram levados para o cemitério da família na Normandia e enterrados ao lado dos pais.

Jacques de Labertoux foi enviado para a Bastilha. Sua situação se agravou quando Marie, a moça que ele raptara e estuprara, teve conhecimento de sua prisão e se apresentou para acusá-lo. Ela, o marido Xavier e o filho voltaram a morar na Normandia, trabalhando para a família D'Ercy, à qual o rei restituiu as propriedades. Pierre recebeu o título de nobreza, passando a ostentar o nome conde Pierre D'Ercy.

Antoine e Anne finalmente contaram a Sophie que não eram seus pais biológicos, mas a reação da jovem foi tranquila, porque para ela, eles eram os pais que lhe foram destinados por Deus. Antoine e Anne cumpriram o encargo que lhes foi destinado, criando Pierre e Sophie com muito amor e educando-os para viverem com dignidade e bondade, amando seus semelhantes e auxiliando-os nas suas vicissitudes.

Ao assumir o condado, Pierre continuou o trabalho que vinha sendo realizado por Jules, trazendo mais uma vez a prosperidade, que não guardou somente para sua família, ou seja, soube empregar a riqueza que lhe foi emprestada pelo Senhor, ajudando a seus semelhantes.

Foi realizada uma cerimônia de casamento simples, como queriam Pierre e Sophie, que foram morar na Normandia, longe do movimento intenso da Corte. Sempre que podiam, visitavam madame Justine em Toulon. A velha senhora desencarnaria pouco tempo depois. Seu neto, Maurice, continuou morando na mansão.

Antoine e Anne voltaram para a Inglaterra, onde viveram em paz até o fim de seus dias. Francine recusou o pedido de casamento feito por Pablo Avelar e foi morar com o filho e a nora. Sua desencarnação deu-se dez anos depois, mas foi tempo suficiente para conviver com suas três netas, às quais dedicou todo o amor que transbordava em seu ser.

Quanto a Françoise, com a prisão de Jacques de Labertoux, ela retornou para a casa dos pais, mas pouco depois sua amiga Francine a convidou para residir no castelo da Normandia, com ela, Pierre e Sophie, onde permaneceu até o fim dos seus dias, aos 79 anos.

Sophie, no decurso dos anos, cada vez mais compreendeu sua mediunidade e a exerceu para a prática do bem. Ela e Pierre ficaram juntos até a velhice. Pierre desencarnou aos 83 anos e foi seguido logo depois por aquela que fora seu grande amor.

CAPÍTULO XXIV

ESCLARECIMENTOS

ONOFRE OUVIU ATENTAMENTE a narrativa de Gedel a respeito do drama de duas famílias que viveram na França do século 17. Findo o relato, a mente do espírito recém-chegado à colônia São Sebastião procurava processar todas as informações que lhe eram transmitidas e certamente muitas dúvidas advieram.

Pacientemente, Gedel passou a prestar-lhe todos os esclarecimentos que se faziam necessários. Depois de dominar a natural ansiedade, Onofre perguntou:

– As pessoas que foram personagens dessa história têm alguma forma de vínculo comigo?

– Vamos com calma, meu irmão. Em primeiro lugar, quero dizer-lhe que o envolvimento entre as pessoas, que no seu dizer foram personagens de uma história, não se deu por acaso. Não foi coincidência, porque o acaso não existe — esclareceu Gedel.

– Como assim? – perguntou Onofre.

– Tudo o que há no universo foi criação de Deus e tem a sua razão de ser. No universo há uma infinidade de mundos visíveis e invisíveis, que são habitados por espíritos, consoante a escala a que pertencem, isto é, o grau de perfeição a que tenham atingido. E por isso são de diferentes ordens. Considerando-se o grau de perfeição, nós temos aqueles espíritos que já atingiram a perfeição máxima, ou seja, são os espíritos puros. Há ainda aqueles nos quais o desejo do bem predomina e que por isso pertencem à segunda ordem, estão no meio da escala; e há ainda os que ainda estão na parte inferior da escala, que são conhecidos como espíritos imperfeitos. "A ignorância, o desejo do mal e todas as paixões más que lhes retardam o progresso, eis o que o caracteriza"[39]. Assim, para que seja possível passar de um mundo de provas e expiações para um mundo de regeneração e, depois, para mundos ditosos, o espírito precisa evoluir.

– Essa evolução é rápida? – indagou Onofre.

– Lamentavelmente não, pois há espíritos que insistem na reincidência e assim se atrasam. Este é um dos motivos pelos quais não estão todos na mesma escala, uma vez que uns se adiantam mais que outros. A evolução se dá por meio das sucessivas reencarnações, nas quais são cumpridas provas e são feitos resgates. Você vai compreender que há uma lei de causa e efeito, também chamada de lei do retorno, de cujo princípio extrai-se que a colheita dependerá sempre do que foi plantado. Quando estamos no corpo físico praticamos atos pelos quais temos que responder. E a história que lhe contei serve de exemplo.

---

39 *O Livro dos Espíritos*, questão 97.

– Finalmente! Você vai contar a respeito dos personagens? – perguntou Onofre.

– Você está mesmo ansioso. Então, vamos lá. Comecemos por Justine Fleury, a senhora que foi uma bênção na vida de Francine. Elas são da mesma família espiritual e estão há mais de dois mil anos juntas. Madame Justine é um espírito muito evoluído por tudo de positivo que fez em suas vidas no mundo de César.[40] Na época do império romano foi uma plebeia que abraçou a causa do Cristo, quando seus seguidores ainda morriam nos circos, devorados pelas feras.

"Foi entregue aos soldados romanos pelo próprio marido e sacrificada com muito sofrimento. Conheceu Francine nas masmorras de Roma e desencarnaram na mesma ocasião, vítimas da crueldade. Conviveram em muitas reencarnações sempre numa relação de amor e bondade. Atualmente Justine vive numa morada do Senhor em plano mais elevado. Periodicamente vem a esta colônia em trabalho dos mais sublimes.

"Quanto a Jules, Francine e Jean, durante muitos séculos foram partes de um triângulo. Qual a razão? Há necessidade de irmos até onde tudo começou. Vamos fazer uma regressão no tempo" – disse Gedel.

– Tício Cesário foi um tribuno romano que viveu em torno de 462 a.C. Era muito rico, consistindo essa rique-

---

40 "Mundo de César" é o orbe terrestre. Expressão para distinguir as coisas do mundo das coisas celestiais. Daí Jesus haver dito, ao povo, quando lhe apresentaram uma moeda e perguntaram-lhe se era lícito pagar tributo a César. "Dai a César o que é de César... A Deus o que é de Deus". N.R.

za em muitas terras e imóveis, ouro e escravos. Viveu em plena vigência da Lei das Doze Tábuas[41], considerada pelos romanos, fonte de todo o direito público e privado. Suas regras eram rígidas no tratamento de todas as matérias, entre estas os direitos de crédito. A sua Tábua Terceira estabelecia, por exemplo, que no caso de uma pessoa dever a muitas outras e não pagar as dívidas, era permitido, depois do terceiro dia de feira, dividir o corpo do devedor em tantos pedaços quantos fossem os credores, não importando cortar mais ou menos; se os credores preferissem, podiam vender o devedor a um estrangeiro além do Rio Tibre, isto é, fora dos limites de Roma.

"Caio, um artesão romano, era casado com Cláudia e viviam de maneira humilde com o produto do trabalho do marido. Por ser muito bonita, a mulher era motivo de atenção por parte dos homens, fato que causava desconforto a Caio. Em certa ocasião, Tício Cesário encomendou uma peça a Caio e ao ir buscá-la, viu Cláudia e apaixonou-se por ela. Depois de algumas investigações, descobriu que o artesão tinha muitas dívidas. Pois bem, localizou os credores e comprou todos os créditos, tornando-se o único credor de Caio, adotando de imediato as providências para receber o que então passou a ser-lhe devido. Tendo em vista que a dívida não foi paga, o tribuno vendeu Caio a um mercador do Oriente e tomou Cláudia como sua mulher.

"Caio e Cláudia nunca mais se viram. Tício Cesário algum tempo depois cansou-se de Cláudia e a expulsou. A mulher tentou trabalhar no ofício do marido, mas não

---

41 *Legis XII Tabularum* ou *Lex Decenviralis*.

JULES & FRANCINE – UM AMOR ALÉM DA VIDA | 263

teve sucesso. Tentou outros trabalhos, mas nada conseguiu e para não sucumbir à fome, entregou-se à prostituição, vindo a contrair tuberculose alguns anos depois, desencarnando com menos de 30 anos de idade. Caio desencarnou posteriormente.

"Passados mais de oitenta anos, houve o reencontro. Caio e Cláudia reencarnaram como irmãos, integrantes de uma família patrícia e viviam em Pompeia. Tício Cesário reencarnou no seio de um povo bárbaro e, durante a expansão romana, foi aprisionado após uma batalha com os romanos e tornou-se escravo do cônsul romano, que o aprisionou, o pai de Caio e de Cláudia.

"Levado para Pompeia, o escravo passou a trabalhar na vila do cônsul. Caio e Cláudia instintivamente odiaram Tício Cesário desde que o viram. E desde o início o trataram muito mal. Apesar de ter sido convertido em escravo, ele não se despiu de sua altivez, fato que irritava seus donos. E pior, tinha inexplicável atração física por Cláudia e olhava para ela com indisfarçável cobiça. Percebendo isso, a moça sentiu muita repulsa, contando ao irmão. Como castigo, o escravo foi açoitado até perder as forças e desfalecer. Em resumo, o casal de irmãos tudo fez para tornar a vida do escravo insuportável, aplicando-lhe constantes castigos corporais, até que finalmente o afogaram. Estava formado o triângulo entre eles. Consequência: as reencarnações se sucederam com a realização de sucessivas vinganças.

"Houve ainda uma tentativa da espiritualidade maior no sentido de propiciar o encontro da paz, tendo Caio (Jules) e Tício (Jean) concordado em reencarnar

264 | JORGE SINCORÁ DOS SANTOS

como irmãos, mas não teve sucesso, uma vez que Tício não conseguiu reprimir o seu ódio, nem a obsessão que tinha por Cláudia (Francine), culminando com a morte dos dois, despencando de um precipício.

"Naquele triângulo do qual eram partes Tício Cesário, Cláudia e Caio, destacava-se o grande amor entre os últimos, e o desejo insaciável que o primeiro tinha por Cláudia.

"Há de ser salientado que, ao longo de suas sucessivas vidas, o comportamento de Caio e de Cláudia foi sofrendo uma lapidação, afastando-se pouco a pouco do mal e cultivando o bem. A lei de Deus está escrita na consciência e paulatinamente é lembrada, fazendo com que o espírito gradativamente se afaste do mal. Há espíritos, porém, que se comprazem na maldade e assim ficam para trás, mas como a evolução é objetivo traçado por Deus para todos os espíritos, esses que são considerados inferiores, um dia também se adiantarão.

"No caso, portanto, desses personagens, à medida em que Caio e Cláudia iam se adiantando, a vontade de retribuir o mal com o mal arrefecia, o mesmo não podendo ser dito em relação a Tício Cesário, que a cada nova vida na Terra aprofundava-se no mal. Apesar do esforço dos espíritos Caio e Cláudia, o triângulo permanecia.

"Finalmente vieram a reencarnar na França do século 17, oportunidade em que Cláudia recebeu o nome de Francine e casou com Tício Cesário, chamado agora de Jean. O reencontro de Caio e de Cláudia era inevitável, e, assim, mais uma vez se amaram como Francine e Jules. E quando esse amor mais uma vez eclodiu, a ira de Tício contra eles recrudesceu.

"A morte violenta e prematura de Jules, assim como o sofrimento de Francine nas mãos de Jean, a sua clausura por vinte anos, fizeram com que resgatassem débitos assumidos no passado.

"Quando Pierre ia matar Jean, houve a intervenção de Francine, Jules e Sophie. Naquele momento Jules disse que já perdoara Jean e pediu ao filho que não o matasse. Aquele foi um momento de manifestação expressa de perdão e isso libertou Jules e Francine. Desfez-se o triângulo.

"No que diz respeito a Jean, a desencarnação não muda as pessoas. Elas continuam a ser as mesmas no outro lado da vida, e ele, em vez de buscar melhorar, continuou mergulhado no ódio e na crueldade. Certamente, seus obsessores contribuíram para que se mantivesse naquela baixa sintonia.

"Quanto a Jules e Francine, gradativamente mudaram suas mentes. Seus pensamentos, cada vez mais edificantes, elevaram suas vibrações, de modo que Jean não podia mais alcançá-los.

"Jules e Francine voltaram a reencarnar muitas vezes e, como espíritos afins que são, vieram sempre juntos, ora como irmãos, ora como pai ou como mãe, ora como marido e mulher. E no mesmo círculo estavam Françoise, Anne, Antoine, Pierre e Sophie. Os últimos retornos à Terra ocorreram no Brasil. A amizade da antiga noviça Françoise por Francine tinha explicação, pois estiveram juntas em reencarnações anteriores, respectivamente como mãe e filha.

"Antoine e Anne reencarnaram recentemente, com pequeno intervalo temporal. Um mora na cidade mineira de Santos Dumont; o outro, em Belo Horizonte. São um menino e uma menina, respectivamente.

"Sophie e Pierre igualmente têm sua história. Estiveram juntos na Terra muito antes do nascimento de Jesus. Nutriam um pelo outro um intenso amor. Todavia, em virtude de tropeços de Pierre, ela avançou mais em sua evolução, enquanto seu amado estacionou.

"Para ajudar no adiantamento de Pierre, Sophie foi sua mentora espiritual em muitas de suas reencarnações. Finalmente conseguiram voltar juntos, na França de Luís XIV.

"Jean de Labertoux também voltou várias vezes à Terra para novas experiências, mas não progrediu. Continuou mergulhado no orgulho, na vaidade, na inveja, no egoísmo e na maldade. Tinha em mente apenas o seu sucesso material com base na desgraça de seus semelhantes. Continuou matando, torturando e violentando. Atingiu seu auge como padre na Inquisição espanhola, quando sacrificou centenas de pessoas. Na Segunda Guerra Mundial foi um oficial nazista que matou prisioneiros de guerra para não alimentá-los, perseguiu as minorias, matando milhares de seres humanos, muitas vezes para satisfazer seu ego. Quando a Alemanha foi derrotada, fugiu para um país da América do Sul, ficando impune no tocante às leis dos homens, mas finalmente, com sua desencarnação, no início dos anos cinquenta do século 20, seus obsessores conseguiram aprisioná-lo no abismo em um dos degraus mais profundos e, lamentavelmente, tão cedo nada será possível fazer por ele, pois não tem apresentado um grão de areia de arrependimento."

Esta foi a narrativa final de Gedel, prestando os esclarecimentos solicitados por Onofre, que perguntou:

– E Jacques de Labertoux?

– Ah! Sim... Esqueci de falar de Jacques. Ele continua seu aprendizado da forma mais difícil, mas mantém-se muita esperança nele. Atualmente está reencarnado na Palestina e ainda é um adolescente. Ali prestará uma grande prova. Tornar-se-á um homem voltado para o amor a Deus ou seguirá o caminho da violência usando indevidamente o nome d'Ele? Como exercerá ele seu livre-arbítrio? Vamos aguardar – concluiu o instrutor Gedel.

– Irmão Gedel! As pessoas que foram personagens nesta história que me contou têm alguma forma de vínculo comigo? Você é meu guia espiritual?

– Vou dar as suas respostas, mas antes quero fazer uma apresentação.

Uma mulher branca muito bonita, cabelos negros, vestindo uma túnica azul clara, aproximou-se sorridente.

– Esta é minha querida Cilene, com quem venho caminhando em busca da iluminação divina. Nós temos recebido muitos nomes em nossas reencarnações, como Cláudia ou Francine e Caio ou Jules. Aqui estamos estudando e trabalhando em preparação para voltarmos à Terra para novas experiências.

Ao olhar para Cilene, ou a doce Francine, Onofre emocionou-se e a abraçou suavemente. Gedel prosseguiu com sua fala:

– Onofre... Você não tem vínculo com as pessoas que vivenciaram o que foi por mim contado, como também não sou seu mentor espiritual. Como lhe disse antes, sou apenas um instrutor. Você já lembrou de sua última reencarnação, mas ainda é cedo para lembrar-se das anteriores. Precisa ser preparado primeiro. Saiba que essas lembranças podem resgatar situações que tragam efeitos negativos para quem está em tratamento e por isso é necessário que o espírito se reequilibre. E isso se dá com o estudo e o trabalho na colônia. Tenha confiança e paciência. Posso dizer-lhe que as pessoas com quem se relacionou na sua última vida corporal fazem parte de seu carma[42] e, com certeza, haverá um reencontro. Com o tempo você olhará aquele cenário de forma mais equilibrada para extrair resultados que venham a ajudá-lo em suas vidas futuras. Até completar 18 anos, você viveu em harmonia ao lado de seus pais Simão e Albertina na Fazenda Ouro Branco, cujo dono, Fortunato, sempre foi bondoso e justo, até que aflorou sua paixão pela menina Francisca, que você não perdoou por não querê-lo mais após a desencarnação de seu irmão, que não teve a sua ajuda no momento em

---

42 *Carma*, expressão vulgarizada entre os hindus, que em sânscrito quer dizer "ação", a rigor designa "efeito", de vez que toda ação ou movimento deriva de uma causa ou impulsos anteriores. Para nós expressará a conta de cada um, englobando os créditos e os débitos que, em particular, nos digam respeito. Por isso mesmo, há conta dessa natureza, não apenas catalogando e definindo individualidades, mas também povos e raças, estados e instituições. "Para melhor entender *carma* ou 'conta do destino criada por nós mesmos', convém lembrar que o Governo da Vida possui igualmente o seu sistema de contabilidade, a se lhe expressar no mecanismo de justiça inalienável" (Textos extraídos do livro *Ação e reação*, ditado pelo espírito André Luiz a Francisco Cândido Xavier, 28ª ed., p. 105 e 106, FEB).

que caiu no rio. Qual é a sua relação com Francisca? O que terá feito ela para você no passado? E o irmão dela? Por que ele não gostava de você? Estava protegendo a irmã? Ou haveria algo mais guardado de vidas passadas? E os pais de Francisca? Você os matou para roubá-los. Por que justamente eles, que sempre foram bons para você e seus genitores?

Gedel continuou:

– Depois que você fugiu da Fazenda Ouro Branco para o Sul, poderia tentar sua reabilitação por lá; mas, ao contrário, aprofundou-se no caminho turvo que o levou ao umbral, após desencarnar. O que pode ser extraído de tudo isso? Devemos entender que Deus está sempre presente e nos seus desígnios deixa que os erros sejam cometidos por Seus filhos no livre exercício de suas vontades, para que possam depois voltar ao caminho da luz. Muitas vezes a dor e o sofrimento são o remédio para o entendimento das verdades divinas.

– Foram muito importantes para mim os momentos que passei com você, irmão Gedel.

– Meu caro Onofre! Tenho certeza de que sua permanência nesta colônia lhe propiciará muitas respostas e aprendizado. Saiba aproveitar – disse Gedel.

Instantes depois uma senhora de longos cabelos brancos aproximou-se e falou com o instrutor:

– Com licença, instrutor Gedel. Preciso que o irmão Onofre venha comigo. Dentro de instantes será ministrada uma palestra para todos os que chegaram recentemente à colônia.

– Acompanhe nossa irmã, amigo Onofre. Participam dessa palestra apenas os irmãos que superaram a primeira fase de readaptação. Que Jesus o acompanhe e ilumine!

Onofre despediu-se e acompanhou a senhora. Gedel (Jules) e Cilene (Francine), de mãos dadas, sorriram para ele e em seguida sentaram em um dos bancos do jardim de girassóis onde estavam. Olhavam para o límpido céu azul que enlaçava a colônia, indescritível para os olhos dos encarnados, quando viram os espíritos Pierre e Sophie vindo em sua direção. Levantaram-se e foram ao encontro deles.

– Está na hora da reunião no Departamento de Reencarnações – disse Sophie.

Os quatro deram-se as mãos e seguiram juntos em direção a um novo porvir.

O amor é a fonte de toda a riqueza espiritual. Ame com desapego, simplesmente ame. É o que Jesus espera de todos.

FIM

VOCÊ PRECISA CONHECER

O amor pelos animais
Ricardo Orestes Forni
Doutrinário • 14x21cm • 176 pp.

Aborda o intrigante assunto da alma dos animais, com esclarecimentos valiosos sobre diversos temas relacionados, mostrando a grandeza da criação divina, onde tudo tem o objetivo de evoluir. Apresenta ainda exemplos tirados do relacionamento de pessoas como Chico Xavier e Cairbar Schutel com os animais.

Perispírito – O que os espíritos disseram a respeito
Geziel Andrade
Estudo • 16x22,5 • 216 pp.

Por meio de uma linguagem fácil, Geziel consolidou neste livro, tudo o que os espíritos disseram a respeito do perispírito. Além de utilizar-se das informações contidas nas Obras Básicas e na Revista Espírita, Geziel visita também a vasta bibliografia de Léon Denis, Delanne, Emmanuel/Chico Xavier, Manoel Philomeno de Miranda/ Divaldo Franco. Não se esquecendo do consagrado repórter do Além, mergulhou fundo também na extensa obra de André Luiz, dedicando-lhe uma das quatro partes deste trabalho.

Superando a ansiedade
Eulália Bueno
Autoajuda • 14x21 • 224 pp.

Nesta obra encontramos forças para resistir a frequentes investidas do mal, que encontra, constantemente, brechas em nosso psiquismo conturbado e pessimista, para agir a partir de nós. Num momento em que o planeta é sacudido por cataclismas de toda ordem, onde o ser encontra poucas razões para persistir no bem, a doçura de suas palavras nos mostra a necessidade de fortalecermos nossa fé e continuarmos lutando, sem nunca desistir de buscar a paz como único recurso de seguirmos adiante superando a ansiedade.

VOCÊ PRECISA CONHECER

Peça e receba – o Universo conspira a seu favor
José Lázaro Boberg
Estudo • 16x22,5 cm • 248 pp.

José Lázaro Boberg reflete sobre a força do pensamento, com base nos estudos desenvolvidos pelos físicos quânticos, que trouxeram um volume extraordinário de ensinamentos a respeito da capacidade que cada ser tem de construir sua própria vida, amparando-se nas Leis do Universo.

A vingança do judeu
Vera Kryzhanovskaia / J. W. Rochester (espírito)
Romance mediúnico • 16x22,5 • 424 pp.

O clássico romance de Rochester agora pela EME, com nova tradução, retrata em cativante história de amor e ódio, os terríveis fatos causados pelos preconceitos de raça, classe social e fortuna e mostra ao leitor a influência benéfica exercida pelo espiritismo sobre a sociedade.

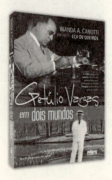

Getúlio Vargas em dois mundos
Wanda A. Canutti / Eça de Queirós (espírito)
Romance mediúnico • 16x22,5 • 344 pp.

Getúlio Vargas realmente suicidou-se? Como foi sua recepção no mundo espiritual? Qual o conteúdo da nova carta à nação, escrita após sua desencarnação? Saiba as respostas para estas e outras perguntas, agora em uma nova edição, com nova capa, novo formato e novo projeto gráfico.

Não encontrando os livros da EME na livraria de sua preferência, solicite o endereço de nosso distribuidor mais próximo de você através de
Fones: (19) 3491-7000 / 3491-5449
(claro) 9 9317-2800 (vivo) 9 9983-2575
E-mail: vendas@editoraeme.com.br – Site: www.editoraeme.com.br